D1416650

Coordinación de la Colección: Daniel Goldin
Diseño: Arroyo+Cerda
Dirección Artística: Rebeca Cerda

# *A la orilla del viento...*

Primera edición, 1993
Primera reimpresión, 1994

Av. Picacho Ajusco 227, México, 14200, D.F.

ISBN 968-16-4168-X

Impreso en México

**863**
**C35964** Cañizo, José Antonio del
**V54** Una vida de película / José Antonio del
**1994** Cañizo ; ilustraciones Damián Ortega. — México : FCE, 1993.
148 p. : il. — (A la Orilla del Viento ; 46)

1. Cuentos españoles. 2. Cuentos infantiles. I. Ortega, Damián, il. II. T. III. Serie.

*A Marisa*

FONDO DE CULTURA ECONÓMICA
MÉXICO

ARS GRATIA ARTIS

# 1. Espérame en el cielo

❖ Cuando yo llegué al Cielo, justo antes de que en él empezasen a ocurrir estas cosas tan extraordina...

Ah, ¿estás ahí? ¿Ya me estás leyendo? ¡Si no he hecho más que empezar! Si acabo de sentarme en mi nube a escribir, mojando una pluma de ángel en un tintero de noche, las cosas tan increíbles que están pasando estas últimas semanas en el Más Acá... Es decir, en lo que vosotros llamáis el Más Allá.

¡Y resulta que ya estás leyendo mi relato!

Bueno, pues ya que nos encontramos, me presentaré. Y, para ello, nada más adecuado que darte mi tarjeta:

R. I. P.

DON JUAN HUMPHREY PÉREZ GUTIÉRREZ
Crítico cinematográfico y Presidente de
la Federación Española de Cine-clubs.
Falleció el 7 de mayo de 1993

Los socios de la Federación y todos los amigos del cine ruegan
una oración por su alma y la asistencia al entierro,
que se celebrará en el cementerio de San Isidro, en Madrid, a las12.00

¿Sorprendido? Sí, yo comprendo que no es nada frecuente que el narrador de una historia sea un muerto, pero no puedo evitarlo. No puedo evitar el estar muerto ni puedo aguantarme las ganas de contaros todo lo que viene ocurriendo aquí, precisamente desde el momento de mi llegada. ¡Y eso por pura casualidad! Porque tuve la suerte de llegar en el momento oportuno. ¡Como el vaquero o el detective en las películas...!

Como habéis visto, yo soy un amante del cine, un cinéfilo tremendo. El más ferviente admirador de los directores más geniales y los actores más famosos, y el más rendido enamorado de las más hermosas estrellas. Un devorador de películas. Un aficionado de tomo y lomo.

No hay más que ver mi habitación llena de pósters por todas partes para darse cuenta de lo chiflado que estoy por esa gente. Me duermo dirigiendo una última mirada a la rutilante imagen de Marilyn Monroe, que durante años ha velado —y a menudo turbado— mis sueños. Y, si doy vueltas en la cama sin poder dormir, veo por las paredes a Charlot con su bombín y su bastón, a Gary Cooper disparando su revólver y a Indiana Jones sudando la gota gorda a través de la selva.

Bueno, me doy cuenta de que estoy diciendo duermo, miro, doy vueltas, y en realidad debería decir dormía, miraba y daba vueltas. Todavía no me acostumbro a decir todo en pasado, ya que la sensación que tengo desde que estoy muerto es la de estar más vivo que nunca, porque me están pasando una cantidad de cosas tan apasionantes...

Como os iba diciendo, soy un forofo del Séptimo Arte. He sido fundador de cine-clubs desde mis tiempos del bachillerato, crítico en revistas y periódicos, director de la Filmoteca Nacional, presidente de la Federación Española de Cine-clubs y cliente insaciable de los video-clubs en los últimos años. Y, sobre todo, alguien que ha pasado los mejores ratos de su vida contemplando imágenes en movimiento sobre una pantalla.

Y, como quizás hayáis deducido, mi madre también. ¡Mi estrafalario y contradictorio nombre de pila, Juan Humphrey, se lo debo a ella! Mi padre quería que me llamase Juan, como él y mi abuelo y mi bisabuelo; pero ella quería ponerme el nombre del verdadero amor de su vida.

—Si me resigné a casarme contigo —le decía a mi padre, medio en broma medio en serio— fue porque esa lagartona de Lauren Bacall me había birlado a mi verdadero y único amor... ¡Pero al menos mi hijo llevará su nombre!

Tras muchas discusiones llegaron a un acuerdo: Juan Humphrey.

Pues bien: gracias a los genes cinéfilos heredados de mi madre, gracias al hecho de ser yo tan amante del cine, gracias quizás al nombre que con tanto orgullo llevo, se dio el caso curioso de que yo, el día de mi muerte, me llevé una gran alegría. Bueno, primero, en el lecho de muerte, estaba hecho polvo. Hecho polvo porque así me dejó el autobús que me arrolló cuando yo salía de un cine, totalmente abstraído, saboreando aún la escena final de una película estupenda. Pero luego, en cuanto se produjo el despegue, yo subía y subía a través del espacio frotándome las manos y diciéndome, entusiasmado:

—¡Al fin podré verlos a todos! ¡Solamente yendo al Más Allá podré encontrar a mis ídolos de toda la vida! Allí conoceré personalmente a Ingrid Bergman y a mi tocayo Humphrey Bogart, a James Dean, Marilyn Monroe y Alfred Hitchcock. Allí estrecharé, emocionado, la mano de John Huston y de Luis Buñuel. Y allí podré contemplar de cerca, embelesado para toda la eternidad, a las más hermosas estrellas, las más inolvidables y exquisitas diosas de la pantalla... Las veré allí, flotando entre nubes, vestidas con vaporosos modelos diseñados para ellas por los arcángeles... Veré en persona, y ya de verdad en plena gloria, a todas esas beldades que hasta ahora sólo he podido ver en una pared blanca sobre la que cae un rayo de luz, o sobre la gélida superficie de una pantalla de televisión...

Y volé y volé, entusiasmado, a la busca de las estrellas. Mas de pronto, mientras pasaba ante un letrero que decía "Al Cielo, 7 km", me acudió una duda que me sobresaltó:

—Pero ¿estarán en el Cielo?

¡Horror! ¡Era verdad! ¿Y si habían ido a parar al Otro Sitio? (Sólo la posibilidad de mencionarlo con su nombre habitual me estremecía.) Yo, evidentemente, iba por el buen camino, tal como me garantizaban las tranquilizadoras flechas; pero, ¿y mis ídolos? ¿Y mis admirados directores, a menudo soberbios y tiránicos? ¿Y mis bienamadas actrices, muchas ellas de vida no demasiado ejemplar? ¿No habrían tenido que seguir unos letreros muy distintos? ¡Esa terrible posibilidad me ponía los pelos de punta!

Hice el resto del camino lleno de zozobra. Y, cuando llegué a la portería, el corazón me daba saltos en el pecho.

Sentía verdadera curiosidad por ver a quién me encontraría allí, y a quién —desgraciadamente, tristemente, lamentablemente— no. ❖

# 2. El rey del juego

❖ San Pedro dejó las gafas sobre el mostrador, bajo el cartel de Reservado el derecho de admisión y junto al manojo de llaves, y bajó el volumen del televisor al oír mi saludo. La video estaba funcionando. Estaba viendo *E.T.* Me sonrió amablemente mientras me echaba un vistazo con esa mirada profesional de quien lleva muchos años al frente de un establecimiento. Y exclamó:

—¡Ah, el del autobús!

—¿Cómo lo sabe? —exclamé sorprendidísimo.

Encogiéndose de hombros señaló las paredes, abarrotadas de filas y filas de televisores negros y relucientes, como minúsculos ataúdes llenos de vertiginosas imágenes, en los que pude contemplar por un segundo muertes y muertes, accidentes y agonías. Aparté la vista horrorizado y dije:

—¿Cómo puede soportarlo? ¡Si parece el telediario!

—A todo se acostumbra uno. Y resulta fundamental para el buen funcionamiento de Recepción. Conforme veo que van muriendo voy pidiéndole a la computadora que me imprima sus fichas. Si no, a veces, se producen aglomeraciones.

Señaló la impresora que trepidaba sobre su mesa, arrancó el folio recién impreso y puso ante mis ojos atónitos mi propia ficha:

Nombre: JUAN HUMPHREY PÉREZ GUTIÉRREZ
Sexo: Varón
Nacionalidad: Española
Fecha de nacimiento: 21 de enero de 1960
Fecha de fallecimiento: 7 de mayo de 1993
Causa de la muerte: Accidente de tráfico cinematográfico
Profesión: Crítico de cine y periodista
Buenas acciones: 14,327
Malas acciones: 18
Saldo a su favor: 14,309
Puesto al que le da derecho: Tendido de sombra
Butaca número: 147,127,315
Día de salida: Los miércoles

—¡Vaya! —exclamé entusiasmado—, no sabía que hubiese hecho tantas cosas buenas. ¡Qué alegría! Parece que eso me da derecho a un buen sitio. Y eso del día de salida, ¿qué es?

—Pues eso: que a los que tienen un buen saldo a su favor y añoran el mundo de los vivos se les permite visitarlo de incógnito de cuando en cuando.

Y, guiñándome un ojo amistosamente, añadió:

—A ti te he puesto los miércoles porque las entradas de los cines son más baratas.

No pude menos que estrechar su mano calurosamente, musitando sentidas frases de agradecimiento; él cortó modestamente mis efusiones, diciendo:

—No tiene importancia. ¡Pero, cuidado, que la película debe estar terminando!

Efectivamente, la historia del simpático extraterrestre tocaba a su fin. San Pedro abrió apresuradamente un armario, rebuscó entre los miles de cintas de video que allí había, y volvió con varias, explicándome:

—Es la video comunitaria. Voy a poner *La misión, Mujeres al borde de un ataque de nervios, Indiana Jones y el templo de la perdición, Con la muerte en los talones* y *Viridiana*... ¿Qué te parece?

—¡Hombre, un programón! Pero... —me atreví a preguntar—*¿Viridiana,* de mi admirado y querido paisano Luis Buñuel, no les parece a ustedes, aquí, un tanto irreverente?

San Pedro se encogió de hombros y dijo:

— Al Jefe le encanta. La ha visto tres o cuatro veces...

Cogió una calculadora, sumó las duraciones de las cinco películas, miró el reloj de pared y concluyó:

—Magnífico: terminarán antes del concierto. Es que va a haber un concierto con música de Mozart, ¿sabes? Dirigido por él, naturalmente. En aquella nube de allá, al fondo a la izquierda.

—¡Qué maravilla! ¡Mozart en directo! Eso no me lo pierdo por nada del mundo. ¡Qué alegría, haberse muerto! ¡Lo que me estaba perdiendo yo allí abajo! Y además, podré volver al cine todos los miércoles... ¡Esto es la gloria!

Pero de pronto me quedé callado, pues quería plantearle cuanto antes mis inquietudes. No sabía cómo preguntarle crudamente si tales o cuáles ídolos míos se habían salvado o estaban condenados al fuego eterno. ¡Me horrorizaba pensarlo! Me atreví a decir:

—Oiga, por cierto... Yo... quería preguntarle... ¿Quiénes están aquí? De los grandes del cine, quiero decir. Yo admiro mucho a algunos de ellos, tengo mis favoritos, lógicamente, ¿sabe?, y querría saber...

Sonrió campechanamente y dijo:

—Pregunta abiertamente. Aquí no hay secretos. Nadie está de incógnito ni se esconde de los demás. Todos llegáis deseando saber si está Fulano o Mengana, y estamos perfectamente organizados para informaros debidamente. Allí está la sala de ordenadores. Yo tengo que cambiar la película, y además veo que llegan nuevos clientes, así que pasa a la sala e infórmate tú mismo. Ahora, si se trata de gente muy conocida seguro que yo sé si están o no están. Aunque son muchísimos, y mi memoria ya no es la de antes, todavía tengo cabeza para eso.

Yo, con el alma en vilo, empecé:

—¿Está aquí Alfred Hitchcock? ¿Y John Huston? ¿Y Luis Buñuel? Y Mari...

Antes de que pudiera continuar, San Pedro se echó a reír sonoramente:

—¿Ésos? ¿Cómo no iban a estar aquí esos tres? ¡Si se han hecho los amos! ¡Si son la pandilla del Jefe! Forman un cuarteto inseparable. Ahí están los cuatro ahora mismo, en su despacho, echando una partida de mus —y señaló una enorme puerta blanca situada a sus espaldas. De su picaporte colgaba un cartelito que decía: NO MOLESTEN

En ese momento, por un altavoz emergió una voz potente, grave y majestuosa, como venida de todo lo alto, que pronunció con un ligero acento hebreo estas palabras:

—Pedro, por favor: mándanos alguien con un whisky doble, un martini seco, una copa de coñac y mi ambrosía de costumbre. Y cualquier cosa de picar, ¿quieres? Gracias. Que Dios te lo pague.

—¡Caray! —grité yo, entusiasmado—. ¡Está clarísimo! Whisky para Huston, martini seco para Buñuel y el coñac para Hitchcock...

San Pedro me miró, sorprendido:

—Vaya, qué bien te conoces sus gustos. Pues anda, llévaselos tú mismo. El bar está al fondo del pasillo.

No había terminado de decirlo cuando yo ya estaba de vuelta con la bandeja, llamando con un tímido y respetuoso repiqueteo de nudillos a la puerta del Jefe.

Al otro lado sonaban unas voces que gritaban con acento inglés:

—¡¡¡Envido!!!

—¡¡¡Quiero!!!

Y otra voz ronca, aguardentosa y con marcado acento aragonés contestó a mis golpecitos:

—Si son las bebidas, ¡adelante!

Con el corazón palpitando, abrí y entré.

El Jefe y mis queridos y admirados cineastas estaban sentados alrededor de una mesa, posados sobre una confortable nube blanca y rodeados por una nube de humo negro, pues Huston y Buñuel estaban fumando como carreteros.

El Jefe, completamente pendiente del juego, se sentaba justo al borde de un inmenso trono barroco lleno de volutas doradas y de angelotes tallados en madera. Los otros tres jugadores se arrellanaban en las típicas butacas de los directores de cine, con sus apellidos escritos en los respaldos de lona anaranjada.

Carraspeé dos o tres veces; pero la partida estaba terminando en ese mismo instante y el Jefe acababa de ganar, cosa que debía ser habitual, a juzgar por el coro de exclamaciones que se alzó entre la humareda:

—¡Otra vez! ¡A esto no hay derecho! —protestó Buñuel—. ¡Qué mala pata tengo últimamente! Es que no gano ni una... Siempre gana él. ¡Claro, con eso de que es todopoderoso, ya podrá!

Huston, masticando furiosamente su cigarro puro, lo tiró a un rincón con un gesto de rabia y se quejó:

—Si es que nos gana siempre... Yo no gano desde hace yo qué sé... ¡Ya estoy harto! ¡Me está dejando sin un pavo!

Y sir Alfred, sin perder su compostura inglesa, comentó serenamente, con su aspecto de buda imperturbable:

—Pues yo no gano desde hace tanto tiempo que por fin voy comprendiendo lo que es la Eternidad...

Luis Buñuel murmuró, dirigiéndose en voz baja a Huston:

—Si no fuese porque es infinitamente justo y misericordioso, yo diría que hace trampas.

El ganador, fingiendo que no había oído a Buñuel, le dijo a Hitchcock, sonriendo:

—¿Una Eternidad? Si tú llevas aquí cuatro días... ¡Yo sí que llevo aquí una Eternidad! Si no fuera por el mus... ¡Ah, hombre, aquí están las bebidas! Trae, trae...

Se me quedó mirando y me temblaron las piernas.

—Eres nuevo, ¿verdad? — me preguntó.

—Sííí—contesté con un hilo de voz, mientras ponía la bandeja sobre la mesa.

Me repuse un poco y, para coger confianza, me aferré a la presencia de un compatriota, ofreciéndole a Buñuel su martini seco con estas palabras:

—Su "buñueloni", don Luis.

—¿Cómo dice? —preguntó haciendo pantalla con la mano en su oído sordo.

—Que aquí tiene su "buñueloni", don Luis —repetí, alzando la voz.

Yo sabía que al genial director maño le encantaba que le hicieran el martini seco con arreglo a su receta personal, que había bautizado con esa deformación jocosa de su apellido, en un italiano macarrónico.

—Se lo he preparado tal como a usted le gusta.

Y le guiñé un ojo. Buñuel bebió un sorbo y me sonrió agradecido. "Es verdad: tras su aspecto hosco se oculta una gran ternura", me dije. Los otros tres bebieron al unísono, brindando:

—Brindo porque ganéis muchas veces —dijo el Jefe.

—Con una me conformo —dijo Buñuel, ejemplo preclaro del fatalismo hispánico.

—Pues yo brindo porque al menos no nos desplumes demasiado —se contentó Huston, hombre realista y práctico, sacando los fondos de sus bolsillos vacíos y dejándolos fuera del pantalón vaquero, ostensiblemente.

—Debemos alegrarnos de que gane Él —intervino sir Alfred con mansedumbre, adoptando su más inocente y plácida expresión, y haciendo como si reprochara a sus compañeros esa actitud mezquina e interesada. Hizo una pausa para beber coñac y añadió:

—Así se consuela.

—¿Cómo dices? —preguntó don Luis, que no le había oído.

—¿Que se consuela de qué? —dijo Huston, intrigado.

El orondo sir Alfred sonrió aviesamente. Era el que más guardaba las formas; pero pronto habíamos de ver que también era el que estaba más dolido. Yo, conocedor de su sadismo refinado y su ironía cáustica y demoledora, le miré asustado, temeroso de lo que podría decir. Y lo dijo. Mucho más de lo que yo pudiera haber imaginado:

—De sus fracasos.

Como todos los rostros se volvieran hacia él, alarmados, matizó cuidadosamente, con un tono de una cortesía y una corrección irreprochables:

—Quiero decir que con sus éxitos en el juego se consuela de sus fracasos. Y nosotros, como buenos amigos suyos que somos, debemos alegrarnos grandemente, ¿no os parece? Lo contrario sería una ruindad, queridos.

Y les amonestaba, balanceando su alzado dedo índice en dirección a sus dos desconcertados compañeros.

El Jefe le miraba, estupefacto, mesándose la barba. Los demás nos mirábamos, helados. Yo pensaba:

—¡Qué sibilino es! ¿Adónde querrá ir a parar?

John Huston, siempre audaz y decidido, fue el único que se atrevió a preguntar:

—¿A qué te refieres con eso de los fracasos?

Sir Alfred miró a todos como si estuviera extrañadísimo de que les chocara algo tan evidente, y aclaró, con un tono de voz más suave que nunca:

—Bueno, no creo que se le oculte a nadie que cualquiera de nosotros hemos tenido mucho más éxito en nuestro trabajo que Él. Por eso digo que si en esto de las cartas gana Él, tampoco debemos quejarnos. La Justicia Divina debe velar para que todas las gracias no se acumulen sobre las mismas personas, sino que por el contrario, se repartan equitativamente, ¿no creéis?

Al fin el Jefe le preguntó abiertamente:

—Querido Alfred: aparte de agradecer tus sabios consejos teológicos, que prometo tomar en consideración, ¿por qué no hablas sin rodeos? Yo siempre he hablado claro.

Don Luis soltó unas carcajadas y, rápidamente, disimuló llevándose la copa a los labios.

—Sí, Luis —dijo el Jefe dándole una afectuosa palmada en la espalda—, ya te he explicado varias veces que han sido mis traductores e intérpretes los que han embarullado muchas cosas. Pero, a lo que vamos: ¿qué quieres decir, Alfred? Ya sé que eres el mago del *suspense*; pero, por favor, olvídalo por unos momentos. Estamos entre amigos, en la intimidad.

Entonces el obeso cineasta inglés se acomodó en su asiento, se acabó de un trago la copa de coñac, me hizo seña de que se la llenase, y se explicó.

Habló en alto para que Buñuel le oyese perfectamente, y se veía que disfrutaba teniéndolos en vilo.

Mejor dicho, teniéndonos. ❖

# 3. Al rojo vivo

❖ SIR ALFRED habló así:

—Lo que quiero decir es elemental, queridos amigos: ¿cuál es nuestro trabajo, el de los creadores, el de los cuatro aquí presentes? La vida de los hombres, ¿no es eso? —les hablaba como a chiquillos tardos de comprensión—. Pues bien: mis películas están pobladas de personajes cuyas vidas son apasionantes, emocionantes, intrigantes, trepidantes, llenas de *suspense,* de pasión y de humor, de miedo y cólera, de estremecimientos y risa —se iba lanzando a medida que hablaba—, de persecuciones y luchas, enamoramientos y celos, triunfos y derrotas. Me permito traer a vuestra memoria filmes tan admirables y perfectos como *Con la muerte en los talones, El hombre que sabía demasiado, Vértigo, Psicosis, Los pájaros, Encadenados,* y tantos otros que sin duda os resultan inolvidables... Pues bien, de cada diez personajes, nueve viven una vida que merece ser vivida, hirviente de amores y odios, llamativa, rotunda, vibrante... En cambio, de cada mil criaturas creadas por nuestro amable y hospitalario anfitrión, hay que reconocer que novecientas noventa y nueve viven vidas vulgares, corrientes y molientes, sosas, tediosas, monótonas, rutinarias, aburridísimas... ¡No merece la pena vivirlas!

Y se bebió el segundo coñac de un solo trago.

Los otros tres, erguidos en sus asientos, abandonadas las bebidas sobre la mesa, no se habían perdido una sílaba de lo que decía. Huston, hombre de acción, fue el primero en reaccionar, desplegando sus largas piernas y andando a grandes zancadas de un lado para otro de la nube mientras decía, gesticulando:

—¡Tienes razón, Alfred! Siempre me han aburrido tanto las vidas de los hombres vulgares... Yo he llenado mis películas de personajes que viven al rojo vivo: los que encarnó Humphrey Bogart en *El halcón maltés, El tesoro de la Sierra Madre* o... ¿cómo se llamaba aquélla? ¡Maldita sea, esta memoria!

—*La reina africana* —le soplé rápidamente, y añadí:— Y no se olvide de *Cayo Largo.* ¡Era formidable!

—Gracias, amigo. ¡Qué cabeza la mía! Ahora, en cuanto me tomo un par de whiskis, se me van las ideas. O el capitán Ahab de *Moby Dick* persiguiendo a su ballena blanca, o los héroes de *La jungla de asfalto* o *Vidas rebeldes...* Todos los hombres y mujeres que yo he creado tenían sangre en las venas. Y, ¡vive Dios!, juro que vivieron, VIVIERON, ¡¡¡VIVIEEEROON!!! —terminó a gritos, alzando los brazos, orgulloso, entusiasmado.

El cineasta aragonés, que gracias a los gritos que daba Huston se estaba enterando de todo, terció en la conversación:

—Yo no he hecho películas de aventuras como las tuyas, John, pues las aventuras de mis personajes ocurren en su interior. En películas como *Nazarín, Tristana, Viridiana...* esto... —y chascaba los dedos intentando acordarse de algún título que tenía en la punta de la lengua.

—*Los olvidados, El ángel exterminador, Ese oscuro objeto del deseo...* —continué yo.

—Muchas gracias. En ésas y en todas las demás he creado seres humanos en carne viva, con las pasiones a ras de piel. En mis filmes me he asomado a los más oscuros trasfondos del alma humana, a sus virtudes y —con mayor deleite, lo confieso— a sus defectos. ¡Pero jamás al aburrimiento! ¡Nunca a la rutina, a la vulgaridad, a la banalidad, a la sosería! ¡Puaff, qué asco!

Yo estaba en mi elemento. Estaba disfrutando —nada más morirme— como nunca en toda mi vida. Bebía las palabras de mis ídolos y no cesaba de dar gracias por la casualidad de estar allí en aquel momento. Y, al mismo tiempo, estaba impaciente por ver la reacción del Jefe. ¡Al fin y al cabo le habían formulado críticas durísimas!

¿Cómo las encajaría? ¿Se indignaría con ellos? ¿Les señalaría con un acusador dedo flamígero? ¿Les llamaría sepulcros blanqueados o algún otro insulto de los utilizados corrientemente por sus familiares? ¿Los arrojaría a las tinieblas exteriores?

Al fin se decidió a hablar. Su voz, sonora, retumbante, cayó sobre nosotros como un maná inesperado y sorprendente, manteniéndonos pendientes de sus labios, pues nunca hubiésemos imaginado que iba a abrir su corazón como lo hizo.

—Amigos —empezó, con voz ligeramente temblorosa, pues se notaba que estaba emocionado—, me parece que no sois justos conmigo.

Los tres le miraron en silencio.

—Esperaba más comprensión por vuestra parte, la verdad. Ya estoy hecho a la idea —sobre todo últimamente, durante estos últimos milenios— de que los hombres no se den cuenta de la situación tan difícil en que me encuentro. Pero de vosotros, mis amigos íntimos, ¡mis compañeros de mus!, no me lo esperaba. Y menos siendo del oficio, siendo creadores como yo. Y es que existe una diferencia esencial entre vosotros y yo que, injustamente, habéis pasado por alto.

Hizo una pausa durante la cual no se oyó volar ni a un ángel y continuó, concretando:

—Porque vosotros hacéis lo que queréis con vuestros personajes. Inventáis para cada uno la vida, la profesión o las aventuras que os da la realísima gana, mientras que yo me encuentro con las manos atadas. Y todo por culpa de una de esas torpezas de juventud de las que nunca deja uno de arrepentirse. Todo por haberme encabezonado al comienzo de mi actividad profesional con esa pamplina del libre albedrío, de que los hombres sean libres para elegir su destino, en vez de diseñárselo yo personalmente, que lo haría muchísimo mejor. Como hacéis vosotros.

Se había ido calentando y hablaba cada vez con mayor viveza, moviendo mucho las manos:

—Y ¿sabéis lo que os digo? Que así, cualquiera. ¡Así ya se puede! Con un capitán obseso y cojo que va persiguiendo a muerte a una ballena por todos los océanos, o tres broncos aventureros que buscan oro avariciosamente por las inhóspitas montañas de México, ¡ya se puede! O sacándose de la manga un hombre alto y guapo que un día es perseguido por una avioneta de fumigación en medio de una inmensa planicie desierta, y al día siguiente sufre otra persecución subiendo y bajando por las gigantescas cabezas de los presidentes americanos esculpidas en el Monte Rushmore... ¡¡¡ASÍ YA SE

PUEDE!!! ¡Claro que hay aventura, emoción, intriga y todo lo que queráis! ¡Pues no faltaría más!

Se paró lo justo para respirar un poco y siguió, con aire abatido:

—¡Pero en mi pellejo os quisiera ver yo! Si a la gente que yo he creado le da —en el perfecto uso de su libertad— por meterse a funcionario de Estado, oficinista, dependiente de una ferretería o inspector de Hacienda, o por hacer oposiciones a registrador de la propiedad, ¡cualquiera es el guapo que les inventa luego una vida llena de emociones! En cambio, cada vez que alguien se ha metido a pirata, buscador de oro o explorador, ¡menudas vidas tan extraordinarias les he hecho vivir! Ahí tenéis al Cid Campeador, Buffalo Bill, Marco Polo, Amundsen, el pirata Drake, Colón, José María el Tempranillo, Magallanes y Elcano, Hillary y Tensing, Cortés y Pizarro, Daoíz y Velarde, Zipi y Zape, el Capitán Cook, Livingstone, los primeros astronautas y un larguísimo etcétera.

Y terminó diciendo:

—A ver, a ver si sois capaces de inventar vidas extraordinarias con el material tan soso con que yo me topo cada día. ¡Ahí os quiero ver! Vosotros, que tanto os chuleáis, coged a cualquier hombre del montón y ¡sacaos de la manga para él una vida emocionante y llena de acontecimientos!

Los tres se habían quedado mudos. Se notaba que aquel desahogo de su anfitrión les había impresionado. Se removieron en sus asientos. Se rascaron la cabeza. Por hacer algo, me indicaron que les llenase el vaso y las copas otra vez. Y se miraron unos a otros sin saber qué decir.

Hasta que sir Alfred, que al fin y al cabo era el que había armado todo el lío, se sintió en la obligación de decir algo. Se echó su tercera copa de coñac al coleto, se puso en pie majestuosamente, aunque tambaleándose un poco, y dijo:

—Un caballero inglés siempre acepta un desafío. Y yo lo hago encantado: me comprometo a transformar la vida del más mediocre y aburrido de los hombres que pueblan la Tierra en toda una aventura. ¡INVENTARÉ PARA ÉL UNA VIDA DE PELÍCULA!

Huston no quiso ser menos y se puso también en pie, en el momento en que sir Alfred les decía:

—¿Queréis participar en la aventura, compañeros?

Huston alzó la mano derecha y dijo solemnemente:

—Sí, quiero. ¡Ardo en deseos de trabajar de nuevo! ¡Qué alegría! ¡Acción, acción! Con esta vida tan sedentaria me estaba sintiendo ya como oxidado...

Y don Luis, sin levantarse, aceptó refunfuñando:

—Pues qué remedio... No os voy a dejar solos. Pero con lo a gusto que estábamos aquí, sin hacer nada...

Entonces el Jefe se levantó también, les estrechó la mano uno por uno, y me llamó con un gesto:

—Corre a la sala de ordenadores, elige la ficha del más aburrido y rutinario de los hombres, y tráela inmediatamente.

—No hace falta que te esmeres mucho rebuscando —le corrigió sir Alfred con toda su mala idea—: con que cojas uno al azar seguro que será de lo más soso y nos valdrá perfectamente.

—¿Puedo escogerlo de mi tierra? —pregunté ilusionado.

—¿De dónde eres, paisano? —me preguntó don Luis.

—De Madrid.

—Estupendo. Tráete para acá al más gris de los cinco millones de madrileños. ¡Corriendo!

Al cabo de un minuto yo estaba de vuelta con una ficha en la mano, elegida al azar e impresa por una de las computadoras:

Nombre: AGAPITO FERNÁNDEZ RODRÍGUEZ
Sexo: Varón
Nacionalidad: Española
Fecha de nacimiento: 28 de febrero de 1960
Profesión: Funcionario de Estado
Dirección: Plaza de San Nicolás, 1, 28013-MADRID

La leí en voz alta.

Y entonces, al comprobar que ya tenían su personaje, al ver que iban a poder inventar una historia de nuevo, la sangre les hirvió en las venas. Los tres genios del cine se pusieron nerviosísimos y empezaron a dar gritos al mismo tiempo:

—¡Caballeros, manos a la obra! ¡Como en los viejos tiempos! ¡Atención, se rueda! ¡Acción! —gritaba sir Alfred con entusiasmo, aunque sin perder la compostura.

—¡Muchachos, ya tenemos a nuestro héroe! —clamaba Huston, disfrutando como un chiquillo—. ¡Me siento rejuvenecer! ¡Comencemos! ¡Bang, bang! —y hacía como si disparase sus revólveres.

—¡Tararíííí, que salga el toro del toril! —chillaba Buñuel, enardecido—. ¡Empieza la corrida! ¡Que salga al rue-do, que salga al rue-do! ¡Que alguien vaya a Madrid! ¡Que me lo traigaaaan!

—Calma, señores, calma —me oí intervenir, de pronto, asombrado de mi propia audacia—. Primero les convendría saber algo de su protagonista, no vaya a ser que no les sirva. Sugiero que se envíe un emisario a Madrid y...

—¡Magnífica idea! —aprobó Huston.

—Claro, claro, primero hemos de conocerlo en toda su vulgaridad —reconoció sir Alfred—, para luego transformar su vida como con una varita mágica. ¡Como magos del cine que somos!

Y cuando yo creía que me iban a mandar a Madrid, Buñuel me echó el alma por los suelos al proponer:

—Ya sé con quién podemos contar en Madrid. ¡Con Pedro Almodóvar! Él puede rodarnos un corto sobre la vida de Agapito para ponernos en antecedentes.

—Pero, ¿cómo conectar con ese Al...mo...dó..eso? —preguntó sir Alfred.

Buñuel empezó a dar saltos, entusiasmado, como un niño a punto de conseguir el capricho de su vida:

—¡Yo quiero aparecerme a Almodóvar! Desde que me he muerto tengo una gran ilusión por aparecerme a alguien. Nada, yo me ocupo.

—Toma, y a mí también me apetece darme una vuelta por allá —dijo Huston.

—Y a mí —terció Hitchcock.

Entonces el Jefe zanjó el asunto:

—Vale, pues, apareceos los tres. Os doy permiso para que os aparezcáis a Almodóvar los tres juntos.

Buñuel gruñó entre dientes:

—Éste siempre con la manía de los tríos... ¡Ya me ha chafado mi aparición!

Pero el anfitrión continuó, haciendo como si no le hubiera oído:

—Puesto que, al menos en materia de apariciones, espero que reconoceréis mi mayor experiencia, lo organizaremos a mi manera. En estos casos lo mejor es mandar un ángel por delante. Que para eso están.

Sir Alfred, caballero inglés al fin y al cabo, aprobó la idea inmediatamente:

—Claro, claro, estupendo. Porque si no ¿cómo vamos a aparecernos a Almodóvar, sin que ni siquiera nos haya sido debidamente presentado?

El Jefe apretó un timbre que había encima de la mesa y a los pocos instantes se abrió la puerta y apareció una secretaria que me dejó sin respiración. ❖

# 4. Adivina quién viene esta noche

❖ ALMODÓVAR llegó a su casa a las cuatro y pico de la madrugada. Se puso un pijama nuevo que acababa de comprar y, mientras se cepillaba los dientes, se acercó al espejo de cuerpo entero de su armario para ver qué tal le quedaba.

Lo que vio le dejó estupefacto.

Lanzó un grito de asombro que le hizo tragar la mitad de la espuma de la pasta dentífrica. ¿Qué estaba viendo? Su cara de siempre, su cepillo de dientes de siempre, y un simple pijama nuevecito y floreado. ¿Era como para asombrarse? No. Por eso no. Pero sobre sus hombros, enmarcando majestuosamente su cabeza rizosa y mofletuda, aparecían dos enormes alas blancas resplandecientes, llenas de plumas muy bien ordenadas, como las de los ángeles que se ven en los cuadros y en las imágenes de las iglesias.

Almodóvar puso una cara de admiración tremenda, sacó el cepillo de su boca y exclamó, espurreando por el espejo una finísima lluvia de espuma blanca:

—Sabía que estaba en la cima de la gloria, pero no hasta este punto.

Al ver que las alas aleteaban solas, se volvió bruscamente y chilló:

—¡Jesús, qué aparición!

Era Marilyn Monroe en el papel de ángel.

Era la secretaria del Jefe.

El mensajero celestial.

Vestía una túnica blanca resplandeciente que moldeaba su espléndido cuerpo, unas sandalias de plata y dos magníficas alas que agitaba alegremente en señal de saludo.

—¡Hola, chico! ¡Aquí me tienes! —exclamó con voz cantarina, exhibiendo su deslumbrante sonrisa.

Almodóvar tartamudeó, restregándose los ojos:

—Pe...pe...pe...ro ¿es...to...to qué es? ¿Un fantasma?

—Una aparición, no un fantasma. Soy un ángel del Señor, y vengo a decirte de su parte que cojas el coche y salgas a toda pastilla para el Cerro de los Ángeles, que te están esperando. ¡Ah, y que te lleves la cámara de video! Y me han dicho que tiene que ser una muy pequeñita, que casi no se vea.

—¿La cá...cá...mara? ¿De vi...vi...deo? ¿Án...án...geles? ¿Y quién me está esperando?

Marilyn sonrió, reprendiéndole coquetonamente con su índice alzado:

—¡Ah, curiosón! Eso no se pregunta. En todas las Escrituras no encontrarás nadie a quien un ángel le esté anunciando una aparición celeste...

—¿Otra aparición? ¡Vaya nochecita!

—...y le pregunte, antes de ir, de quién se trata. Eso es una sorpresa. ¡Hale, que no tenemos tiempo que perder! ¡Que empezamos a rodar a las siete!

—¿Que vamos a rodar? Espera, espera... —y añadió, pellizcándose insistentemente—. ¿No estaré soñando? Necesito una buena ducha y un café bien cargado para ver si todo esto es verdad o es un sueño. Es que no me aclaro, tía, de verdad.

—Vale, te espero. ¿Me invitas una copa?

—Sírvete tú misma. Pero no te muevas, ¿eh? Si después de la ducha y el café sigues ahí, juro que me lo creeré todo.

A la media hora pisaba el acelerador de su cochazo, convencido al fin de que todo aquello estaba ocurriendo realmente. Llevaba a Marilyn a su lado y una diminuta videocámara en la guantera, y se comía los kilómetros camino del Cerro de los Ángeles.

Dada la hora había muy poco tráfico, y los escasos camioneros y automovilistas a los que adelantó como un relámpago se quedaron con la boca abierta. ¡Un insensato que conducía como un loco, como tantos otros; pero llevando al ángel de la guarda de copiloto! ¡Qué suerte!

El coche subía rugiendo la cuesta del cerro, que estaba sumido en la oscuridad, con sus pinares negros y amedrentadores y sin nadie a la vista, cuando de pronto se oyó una música celestial. Y bajaron de lo alto dos haces de luz, como los rayos láser de un concierto de rock, e iluminaron a dos figuras majestuosas situadas sobre sendos montículos. Una muy alta y otra muy gorda.

Almodóvar exclamó:

—¡Un cowboy y un buda! Pero ¿esto qué es? ¡Y tienen halo! ¡Son dos santos!

Dio un frenazo y el coche se caló. Él temblaba, pero ella le sacó del coche a tirones, la mar de divertida, y le llevó de la mano ante los recién aparecidos.

—¡Si son Alfred Hitchcock y John Huston! —exclamó Pedro, maravillado.

En ese preciso instante un tercer rayo de luz hizo visible una tercera aparición, sobre un montículo centrado entre los otros y algo más alto.

—¡Buñuel! ¡Es Luis Buñuel! —susurró Almodóvar con un hilillo de voz, cayendo de rodillas.

No era para menos. Don Luis parecía un santo de los de verdad. Le había pedido a San Pedro su túnica y su halo, que resplandecía alrededor de su calva como un disco de oro refulgente. Se le notaba mucho que estaba disfrutando de lo lindo. Le echó la bendición, con gestos pausados y solemnes, y luego le dijo:

—Hola, Pedro. ¿Qué tal estás? Me alegro de verte bueno. Henos aquí a los tres. Nos aparecemos a ti, venidos de lo alto, para decirte que empieces inmediatamente el rodaje. Has sido elegido por el Altísimo para rodar *Un día en la vida de Agapito.*

Almodóvar se puso en pie, restregándose las rodilleras, y se acercó, balbuceando:

—¿Puedo tocaros? —imploró.

—¿Cómo dices? —dijo don Luis, haciendo pantalla con su mano junto a la oreja.

Almodóvar repitió su petición en voz más alta.

—Toca, toca —concedió Buñuel inmediatamente, no sin apostillar socarronamente—, hombre de poca fe...

Y una vez que él se hubo acercado a los tres y les hubo tocado, creyó.

—¿Qué película es ésa? —preguntó, entrando directamente en materia—. ¿Qué es lo que tengo que rodar? Pero ¿cómo voy a empezar mañana? Y ¿quién es ese Agapito?

—Un funcionario. Es lo único que sabemos. Ella sabe la dirección y te llevará.

—¡Un funcionario! ¡Magnífico! Yo tenía una idea para una película sobre un funcionario que, como no gana lo suficiente para mantener a sus hijos, coge un pluriempleo de terrorista, y pone una bomba en el Ministerio de...

—No, no —le interrumpió Hitchcock—. No hay que inventar nada.

—Lo que necesitamos es un documental sobre cómo es él y cómo vive —terció Huston—. Lo demás ya lo haremos nosotros.

Buñuel miró el reloj y concluyó:

—Tenéis el tiempo justo para llegar a su casa antes de que se levante — y haciéndole una seña al ángel, ordenó—. En marcha. Hasta la vista, Pedro. Muchos recuerdos a tu madre.

Los rayos de luz se apagaron y las tres apariciones se desvanecieron. El coche se lanzó de regreso a Madrid y, al llegar a la Plaza de San Nicolás, Marilyn le dijo a Almodóvar:

—Coge la cámara, dame la mano y agárrate fuerte.

Y le elevó por los aires, colándole por el balcón del piso de Agapito, justo en el momento en que empezaba a sonar el despertador.

Inmediatamente, el ángel se subió a la barandilla del balcón, tomó impulso, agitó fuertemente sus alas, y efectuó un impecable despegue en vertical que le hizo desaparecer en las alturas en cosa de segundos.

El rodaje fue un aburrimiento tremendo.

Almodóvar, entre que no había pegado ojo en toda la noche y que el protagonista era lo más soso que había visto en su vida, no paraba de bostezar. Montones de planos le salieron movidos por los bostezos. Para colmo, tenía que rodar escondiéndose en los sitios más inverosímiles, asomando la cámara por la rendija de la puerta del dormitorio o la cocina, o camuflándose con una toalla de baño mientras Agapito se duchaba, o escondiéndose bajo el abrigo colgado en el recibidor.

El rodaje tuvo cierto *suspense;* pero la película era un rollo insoportable. A las once de la noche Almodóvar, agotado tras cuarenta horas sin dormir, rodó la escena culminante del filme: Agapito haciendo gárgaras, metiéndose en la cama entre grandes bostezos y rascándose los sobacos aplicadamente antes de quedarse como un tronco.

El director manchego se descolgó torpemente balcón abajo. Se dejó caer al balcón inferior, quiso seguir bajando así, como en las películas, perdió pie, y en el momento en que iba a partirse la crisma apareció un ángel del Cielo a toda velocidad. Era Marilyn, que le recogió en sus brazos antes de que aterrizase de cabeza sobre un contenedor de basura, le depositó sano y salvo en la acera, y voló de nuevo hacia lo alto con la cámara en una mano y diciéndole adiós con la otra.

En el mismo instante en que Almodóvar llegaba a su casa y se dejaba caer en la cama, en el Cielo tenía lugar el solemne estreno de su última película. Era la primera vez que se perdía un estreno suyo. Sentados en sus cuatro asientos, los únicos espectadores bostezaban abiertamente, mientras yo me cuidaba de la proyección. (Afortunadamente, me iba haciendo imprescindible en el despacho del Jefe.)

Huston se removía en su butaca, impaciente porque terminase aquel latazo. Buñuel roncaba sin pudor alguno. Hitchcock, entre bostezo y bostezo, tomaba notas en un misterioso cuadernito que, enseguida, ocultaba en su bolsillo. Y el Jefe se dedicaba a pensar en sus cosas, pues evidentemente se conocía la vida de Agapito de memoria.

Contaré la película muy rápidamente para no dormir también al lector.

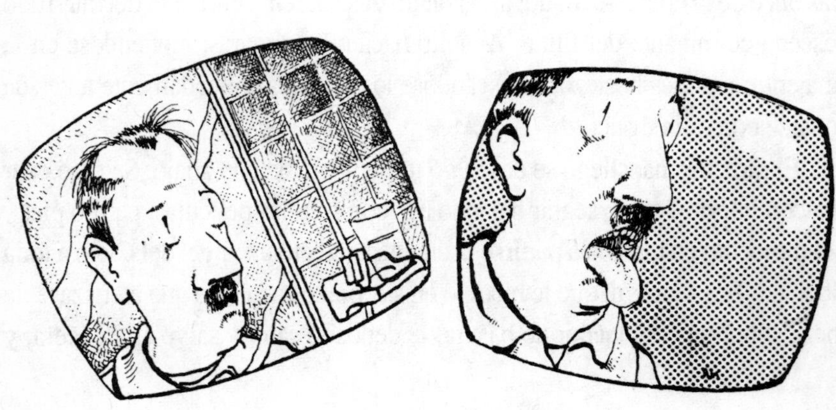

La acción comienza con el "riiing...riiing" del despertador. Agapito carraspea y se levanta. Busca a tientas sus gafas, se rasca la calva y se mete en el cuarto de baño. Se quita la chaqueta del pijama y vemos que tiene un torso enclenque y paliducho. Se corta unos pelitos del bigotillo, se afeita, se ducha, desayuna una manzanilla con una magdalena, saca de diversos frasquitos cuatro o cinco pastillas y grageas, se las toma una tras otra bebiendo tragos de agua y sale hacia la oficina.

Va en metro. Entra en el edificio del *Boletín Oficial del Estado,* donde trabaja, y vemos un *travelling* por el largo pasillo, siguiéndole mientras pasa ante puertas en las que se lee: Sección de Disposiciones Generales, Sección de Autoridades y Personal, Sección de Oposiciones y Concursos... Y se mete en una que dice: Sección de Embarullamiento Sintáctico. Sobre su mesa tiene ya las pruebas de imprenta del boletín oficial de dentro de unos días, un frasquito lleno de unas cositas negras diminutas y unas pinzas.

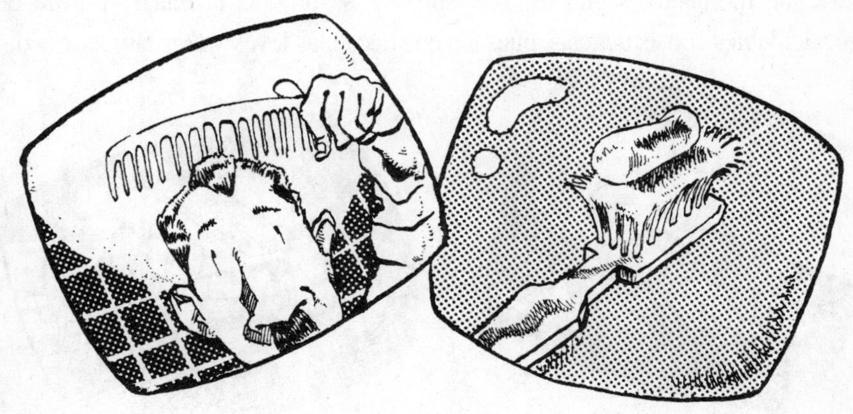

Su trabajo es muy importante. Es el encargado de leer con lupa el boletín oficial y detectar —sin que se le escape ni uno— los párrafos que podría entender la gente. Aquéllos que tienen una sola interpretación, y sobre todo que puedan ser comprendidos fácilmente por los ciudadanos, los cuales podrían llegar incluso —como consecuencia de ello— a conseguir algo del Estado, del Gobierno o los distintos ministerios. Entonces Agapito va cogiendo con las pinzas algunas de las cositas negras del frasco, que son comas adhesivas, y las intercala hábilmente en los lugares precisos, para conseguir la conveniente opacidad y ambigüedad del texto de leyes, normas y disposiciones.

Tras verle trabajar un rato, Almodóvar, aburridísimo, había podido al fin rodar una escena que se salía algo de la pura rutina.

De pronto le llama su jefe inmediato y le dice:

—Agapito, estamos muy satisfechos de su trabajo. Si no fuera por la importantísima labor que con tanta eficacia viene desempeñando, los políticos y los altos cargos de los ministerios no podrían interpretar las leyes a su capricho en cada momento, según les convenga. Y se produciría una catástrofe de incalculables consecuencias, pues los que hacen las leyes y normativas queda-

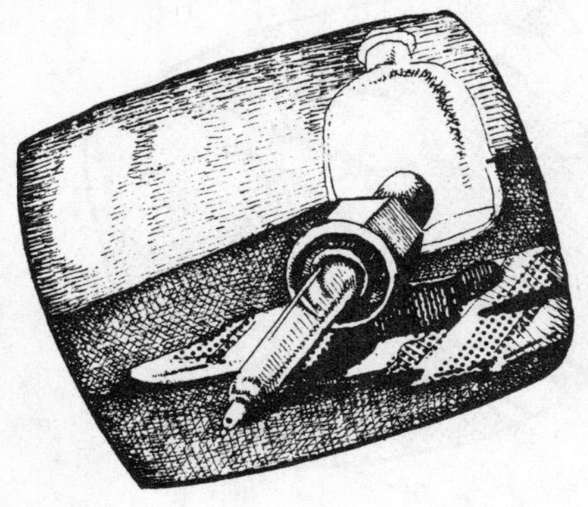

rían completamente a merced de los ciudadanos, que son insaciables. En vista de lo bien que lo hacemos, los presidentes de las diecisiete autonomías están muy interesados en que nos ocupemos también del embarullamiento sintáctico de sus diecisiete boletines oficiales, y yo he aceptado, lleno de orgullo. Empezaremos el uno de septiembre. Excuso decir que, simultáneamente, he solicitado para usted un complemento de productividad de quinientas veintisiete pesetas mensuales y para mí..., bueno, eso no hace al caso.

Agapito le besa la mano, agradecido, emocionado.

—Pero mi generosidad no se ha detenido ahí —prosigue el jefe de sección—, y he solicitado para usted un auxiliar administrativo, habiéndoseme prometido su pronta incorporación. Se incorporará a la vuelta de vacaciones. Vea, vea.

Le saca al pasillo, y efectivamente ven cómo unos ordenanzas están metiendo una segunda mesa en el pequeño despacho de nuestro protagonista.

Durante el café de media mañana, y mientras Agapito se tomaba un poleo con un donut hojeando el periódico, Almodóvar pudo captar una conversación

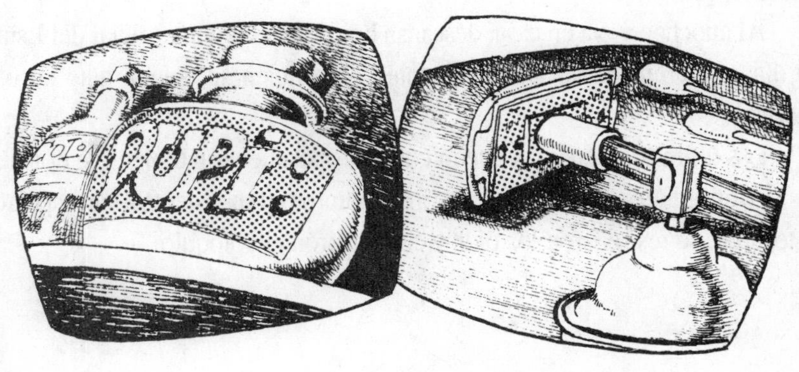

entre dos funcionarias que, mirando a nuestro protagonista desde el otro extremo de la barra, decían:

—Mírale: como todos los días, leyendo las esquelas.

—Chica, tú siempre metiéndote con el pobre Agapito...

—Pero Amelia, si es un muermo. ¡Y qué feo! Calvito, esmirriadito, con ese bigotillo y esas gafitas... ¡Qué pena de hombre!

—Pues chica, si no estuviera tan calvo, y si no tuviera ese bigotillo tan canijo, no creas que estaría mal... Tú es que a todos les sacas faltas, Conchi. ¿No te lo imaginas con una melena y un bigotazo así, bien varonil, y con un buen bronceado? Tendría un aire como... como oriental, ¿no crees? Hasta resultaría guapo. Al menos, interesante.

—Anda, niña, que eres de buen conformar... Tú, con tal de que lleven pantalones...

A mediodía, Agapito se va a comer solo en un bar donde sirven comidas caseras, y de camino pasa ante una pintada, mira alrededor, y al comprobar que no le ve nadie saca un rotulador negro e intecala una coma. Por la tarde trabaja igual que por la mañana. (A estas alturas de la película, solamente Hitchcock seguía despierto.)

Al anochecer, ya en casa, descansa hojeando el boletín oficial del Estado del día, contemplándolo amorosamente como quien se deleita ante su obra maestra.

Las últimas escenas no puedo contarlas porque yo también me dormí.

Al encenderse las luces todos se incorporaron en sus asientos, carraspearon, bostezaron, se restregaron los ojos y comenzaron el coloquio.

Huston y Buñuel estaban totalmente desanimados al ver lo absolutamente plúmbeos que eran el protagonista y su vida, pero sir Alfred les animó, diciendo:

—Caballeros, no tenemos que desfallecer. Me permito recordar que yo hice un montón de películas apasionantes, trepidantes, fascinantes, sobre un hombre común y corriente que se ve metido en una gran aventura... ¿Es que acaso no recordáis al Cary Grant de *Con la muerte en los talones,* al James Stewart de *El hombre que sabía demasiado,* etc.? Pues manos a la obra. Hale, un rato de descanso y a trabajar. Quedamos citados aquí mismo dentro de media hora.

Y los tres genios del cine empezaron a poner los motores en marcha, dispuestos a transformar la vida de Agapito en la mayor aventura jamás contada. ❖

# 5. Pequeño gran hombre

❖ ¡Y POR FIN pude intervenir yo!

La feliz coincidencia de que Agapito, su jefe y casi todos sus compañeros empezasen las vacaciones de verano animó mucho a los tres cineastas:

—Así tendremos más tiempo para pensar en nuestra magna obra, darle vueltas, debatir ideas... —comentó Hitchcock.

—Así podremos descansar todavía durante un mes, sin dar golpe, antes de meternos en ese lío —se consoló Buñuel.

—Y así resultará más explicable para sus compañeros y vecinos el cambio de aspecto que, ineludiblemente, tenemos que darle —dijo Huston—. ¡Porque este protagonista es impresentable! Vaya héroe hemos ido a encontrar... Nosotros, que siempre hemos contado con gente como Cary Grant, Paul Newman, Sean Connery, Marlon Brando... ¡y ahora este mequetrefe! Si al menos pudiésemos ponerle una buena melena, un bigotazo bien varonil, una piel bronceada, y vigorizarle un poco...

Minutos después, como consecuencia de sus intensas deliberaciones, yo salía para Madrid en comisión de servicio. Huston, que quería ir, fue desechado por su acento americano. Buñuel, que también quería, fue eliminado por su sordera. Y sir Alfred dijo que él no perdía su precioso tiempo en esos cometidos secundarios. Entonces don Luis se volvió hacia mí, diciendo:

—¿Tú no eres de Madrid? ¡Pues volando!

—Pero si hoy no es miércoles... Yo por mí voy encantado; pero no creo que San Pedro me deje.

—¿San Pedro? —gruñó Bunuel, extrañadísimo—. ¿Qué demonios pinta San Pedro en los asuntos del Cielo? ¡Aquí mandamos nosotros!

—Claro, claro, no faltaría más —aprobaron los otros.

Y emprendí el descenso.

En Madrid desarrollé una actividad febril. Echando mano de toda mi labia, mantuve una hora de conversación con Agapito, con el pie metido en la rendija de su puerta, y al final conseguí venderle un crecepelo milagroso, una lámpara de rayos ultravioletas para el bronceado y unas cápsulas vigorizantes a base de ginseng que hacían maravillas. Le aseguré que, si utilizaba todo eso durante el mes de vacaciones —que iba a pasar en casa releyendo tranquilamente boletines atrasados—, a la vuelta sería otro hombre.

—Se sentirá muy seguro de sí mismo, resultará muy atractivo y tendrá mucho éxito con las mujeres.

—¿Las mujeres? —musitó, añadiendo enseguida con una sonrisa tristona:— ¿Y eso qué es?

Me miró con una melancólica ironía y soltó la cadena de la puerta. Yo me alegré de que tuviera sentido del humor y de que adoptase ese tono confidencial, y, empujando la puerta suavemente, me colé en el vestíbulo. Él seguía hablando:

—Ah, sí, ya sé. Hay muchas en mi oficina; pero como si no. Jamás he tenido éxito con las mujeres... Nunca.

—Pues con esto lo tendrá. ¡Mucho, mucho éxito!

Me contempló con ojos incrédulos pero esperanzados. Y, tras decirle que no tenía que pagar nada hasta que viese con sus propios ojos los resultados, conseguí que se quedase con todo, y salí corriendo. ¡Tenía tanto que hacer!

Volví la cabeza un instante mientras bajaba las escaleras y le vi allí, en el umbral, meditativo, abrazando los frascos del crecepelo, la aparatosa lámpara bronceadora y los botes de cápsulas vigorizantes, como tres símbolos de nuestro tiempo. Sentí ternura hacia él. ¡Pobre, canijo, ridículo, desvalido, insignificante, desgarbado, paliducho y calvito Don Nadie, perdido en medio de un mundo que sólo canta al triunfo, la juventud y la belleza! Estuve a punto de decirle: "¡Anímese, hombre, que le van a ocurrir grandes cosas!"; pero me mordí la lengua a tiempo y bajé las desgastadas escaleras de aquella vetusta casa del Madrid antiguo.

El resto del mes de que disponíamos se me fue en otras dos gestiones: una, completamente insólita, que me volvió loco dando vueltas por el mundo durante todo agosto, y de la que en su momento sabrá el lector (se trataba de un caprichito de Luis Buñuel). Y la otra consistió en recorrer varios ministerios, hasta que conseguí enterarme de quién era el auxiliar administrativo que había pedido el traslado a la sección de Agapito. Era una mujer. La telefoneé fingiendo que llamaba desde la Dirección General de la Función Pública y le dije que no debía incorporarse el 1 de septiembre, pues su mesa y su máquina de escribir no estarían preparadas hasta el 2.

¡Y el día 1 de septiembre comenzó la acción!

¡Y cómo empezó!

¡De sorpresa en sorpresa!

Los funcionarios iban entrando en el edificio del Boletín Oficial del Estado, saludándose cordialmente tras las vacaciones, cuando de pronto vieron que un desconocido se metía en el despacho de Agapito, y le dijeron:

—Oiga: ¿a quién busca? El funcionario de ese despacho no ha llegado todavía.

—¡Pero si soy yo! ¡Soy Agapito!

Se organizó un revuelo:

—¡Chicas, es Agapito! ¡Qué cambiazo! Mirad, mirad.

—¡Vaya melena!

—¡Y qué bigotazo!

—Menudo bronceado... ¿A qué playa has ido, oye?

—Pero si parece un oriental...

—Es verdad. ¡Parece un indio!

—¿No te dije yo, Conchi, que con ciertos arreglos tendría un aire como oriental? —dijo Amelia, encantada—. ¡Está la mar de interesante!

—Sí que es verdad... —tuvo que reconocer Conchi—. Hasta las gafitas, que antes resultaban tan ridículas, con la melena y el bigote le dan un aire a lo John Lennon muy interesante...

Pero en aquel momento sobrevino otro revuelo aún mayor al otro extremo del pasillo, donde varios funcionarios abrían paso, entre expresiones de asombro y silbidos admirativos, al jefe de sección. Éste sonreía triunfalmente, pues traía a la nueva auxiliar administrativa, que era una rubia impresionante. ¡Como que era Marilyn Monroe, en una de sus mejores interpretaciones!

—¡Muchachos, vaya rubia!

—Si parece Marilyn...

—Agapito —dijo el jefe al llegar a la puerta del despacho—, le presento a la nueva auxiliar que trabajará con usted, la señorita Cándida Torres Meléndez.

Ambos se dieron la mano, él con una mezcla de su timidez habitual y de un todavía inseguro aplomo recién nacido, y ella dirigiéndole una mirada acariciadora. Vestía con suma sencillez, y su blusa aparecía cuidadosamente abotonada hasta el cuello; pero ni aun así conseguía disimular su espectacular silueta.

El jefe les hizo entrar en el despacho, le indicó a ella su silla como si le ofreciera un trono, y se dedicó a remolonear por allí, sin querer irse, dándoles incongruentes explicaciones acerca del trabajo. Varios funcionarios y funcionarias se agolpaban ante la puerta, curioseando.

—¡Chicos, le deja a uno sin respiración! —comentaba un operador informático, hablando bajo.

—¡Está como un tren! —corroboró un jefe de negociado—. Qué suerte tiene Agapito...

—¡Menuda vampiresa! —masculló Amelia entre dientes—. Si se lo come con los ojos. ¡Qué caradura! ¿No te dije yo que hasta resultaría atractivo, Conchi?

Ya ves, para que le guste a ésta, que tendrá los hombres a paletadas... —y se mordía las uñas.

Hasta que el jefe se dio cuenta y, airado, despejó los alrededores y se marchó, resignadamente, a su despacho.

Agapito estaba encantado. Era imposible que se le pasaran por alto las miradas apreciativas que la nueva le dirigía insistentemente. ¡Su nuevo aspecto funcionaba! ¡Había merecido la pena tirarse un mes entero tumbado bajo una lámpara y dándose lociones de crecepelo sin parar! ¡Qué a gusto iba a pagarle al vendedor a domicilio cuando volviera! Estaba cogiendo aplomo y confianza en sí mismo a marchas forzadas. Sólo le faltaba averiguar si, efectivamente, el ginseng le había fortalecido.

Y enseguida tuvo ocasión de comprobarlo.

Ya vencida la mañana, cuando los dos nuevos compañeros de trabajo habían tomado confianza, entró en su despacho un extraño visitante, que venía dispuesto a desencadenar una serie de acontecimientos. Pese a que hacía un tiempo espléndido, vestía una gabardina beige de cinturón desmañadamente anudado, hundía sus manos en los bolsillos, y sombreaba sus penetrantes ojos con el ala del sombrero. Era mi tocayo Humphrey Bogart, que no había considerado oportuno cambiarse para la ocasión.

Los dos funcionarios llevaban varias horas ordenando boletines oficiales, y la mesa de Agapito aparecía cubierta de enormes cajas archivadoras que él iba llenando, sentado, mientras Marilyn, de pie junto a él, escribía las fechas aplicadamente.

El recién llegado cerró la puerta tras de sí para evitar espectáculos públicos, dio los buenos días con voz bronca y acento americano, y le preguntó a Agapito algo sobre el boletín oficial del veintisiete de Agosto; pero torciendo el cuello para mirar ostensiblemente a su compañera. Agapito frunció el ceño al ver aquel descaro, y su enfado creció a medida que el intruso le siguió hablando sin mirarle, comiéndose con los ojos a Cándida, e intercalando continuamente en su confusa conversación sobre órdenes ministeriales un montón de piropos subidos de tono y frases procaces dirigidas a la explosiva auxiliar.

Cuando aquel mal educado sobrepasó los límites de la grosería más reprobable, Agapito, caballero español al fin y al cabo, decidió no tolerarlo. Se puso en pie súbitamente, tropezó en la pata de la mesa, cayó de bruces sobre ella y volcó catorce archivadores de boletines oficiales sobre un pie del recién llegado, que se puso a lanzar ayes, cogiéndose el empeine con ambas manos y saltando a la pata coja.

Entonces Agapito se lanzó sobre él como un bólido y le propinó un puñetacito en la mandíbula. Bogart, en una interpretación memorable, dio varios tumbos, tambaleándose y haciendo aspavientos, cayó de espaldas sobre la mesa de Marilyn, dio una voltereta hacia atrás con los pies por alto y aterrizó junto a los archivos metálicos del fondo, quedando sin sentido.

Agapito daba brincos de alegría. ¡Era fuerte! ¡Había noqueado a aquel extranjero fanfarrón! Le había lanzado hasta el otro extremo del despacho, como en las películas... Y su nueva compañera le miraba con una admiración sin límites.

—¡Qué fuerte eres! —exclamó, embelesada.

Agapito se frotó las manos, sonriendo, y se palpó un escuálido bíceps ostentosamente.

—No tiene importancia. Nunca tolero a los matones que se insolenten con las mujeres que están conmigo. Una mujer siempre está segura a mi lado. Bueno, ¿dónde lo tiro?

—Espera, espera. Este hombre es de lo más inquietante. ¡Parece un gángster! Y su cara me resulta conocida. ¡Qué raro! ¡Vamos a registrarle!

Ni corta ni perezosa, rebuscó en sus bolsillos, sin encontrar más que paquetes de tabaco y un papelito escrito en inglés que indicaba la esquina de dos calles importantes de Madrid y añadía: 1 sept., 1 P.M.

Ella se lo enseñó y él lo leyó con indiferencia:

—Bueno, ¿y qué?

—¿Cómo que y qué? ¡Si es la mar de intrigante! Un hombre con este aspecto tiene una cita por aquí cerca dentro de veinte minutos, y justo antes de acudir allí ha venido a verte. ¿Y eso no te intriga? ¡Pues yo me muero de curiosidad! Si no hay más que verle para darse cuenta de que anda metido en embrollos gordísimos... ¡Vamos allá enseguida! Además, no hemos bajado a tomar café, sino que hemos estado trabajando sin parar. Podemos ir allí a curiosear un momento. ¡Rápido! ¡Corre! ¡Vamos! —y le empujaba hacia la puerta.

—Pero... yo... —se resistió Agapito— ... quería explicarte despacio lo que hay que hacer con el boletín oficial que tenemos que corregir hoy...

Y cogió un fajo de pruebas de imprenta para enseñárselas. Pero ya ella bajaba las escaleras corriendo, tirando de su mano, y Agapito se dejó arrastrar, con los papeles en la otra.

El lugar de la cita misteriosa era un cruce de bastante tráfico, con un guardia en medio, una pipera en una esquina, una parada de taxis y, a cierta distancia, un quiosco de periódicos en una calle y una boca de metro en otra.

La llegada de aquella pareja inconfundible, formada por un melenudo oriental que exhibía ostentosamente unos documentos y por una rubia de líneas estatuarias, atrajo inmediatamente la atención del guardia y la pipera. Bueno, y de todos los hombres que pasaban por allí, que volvían la cabeza para mirar a Marilyn, tropezando unos con otros. Pero el guardia y la pipera la miraban de manera muy distinta.

Era como si les hubiesen estado esperando.

En realidad, estaban esperándolos. Aquel día, a aquella hora y en aquella esquina. Y les esperaba mucha más gente de lo que hubiesen podido imaginar. Pero no todos estaban a la vista.

Porque el punto de partida para las trepidantes aventuras de Agapito pergeñadas por los tres grandes cineastas les había venido como caído del cielo. Mejor dicho, había ido a caer en el Cielo justo en el momento oportuno. Ocurrió que un narcotraficante arrepentido al que acababan de asesinar subió allá y, charlando con San Pedro, del que se hizo muy amigo, comentó que en Madrid se estaba cociendo una gran operación internacional de altos vuelos. En ella se barajaban miles de millones, andaban metidos muchos peces gordos, y serviría de campo de batalla definitivo entre las dos más terribles bandas internacionales de narcotraficantes, que llevaban largo tiempo embarcadas en una cruenta guerra y estaban deseando acabar cada una con la otra, de una vez.

Hitchcock oyó aquello y, con gran habilidad, halagando la vanidad del recién llegado, le sonsacó todo lo que sabía.

—Bueno, yo lo único que sé de muy buena tinta es que el día 1 a la una hay una cita importantísima entre ambas partes. De un lado no sé quién irá, pero me han dicho que del otro acudirá el brazo derecho de un jeque multimillonario que trafica con diamantes y esmeraldas, armas, drogas y todo lo demás. Ese representante suyo tiene, por lo que dicen, un claro aspecto oriental, y lleva el cráneo totalmente rapado; pero se pondrá una peluca y un bigote postizo y estará allí como un clavo para recibir algo a cambio de algo. ¡Algo muy importante tendrá que ser, y a cambio de algo de muchísimo valor, claro!

—¿Y dónde será esa cita? —preguntó Hitchcock, interesadísimo.

Su interlocutor se lo dijo, y él preguntó de nuevo:

—¿Y ese hombre irá solo?

—No, ¿cómo va a ir solo? Eso sería un disparate, no se hace nunca. Esta gente hila muy fino. ¡Si me los conoceré yo! ¿No ve que he sido uno de ellos? A esas citas no se puede mandar una sola persona, pues, aunque sería rarísimo que pasase por allí en ese momento otra con las mismas características, no es totalmente imposible, y se correría el riesgo de que le entregasen cosas de gran valor a la persona equivocada. En cambio, mandando a dos personas de aspecto peculiar sí resultará imposible que vayan a pasar por allí en ese preciso instante, por pura casualidad, otras dos cuya descripción coincida. Según he oído, el indio irá acompañado por una rubia despampanante. Así no podrá haber confusión alguna. Mis antiguos compinches organizan bien las cosas, ¿no? El detalle de la rubia es la mar de astuto, porque así la gente se dedicará a mirarla a ella y no se fijará en lo que hace el melenudo, que es la clave de todo. Ahora, ya más no les puedo contar. Eso es todo lo que sé.

Hitchcock corrió, entusiasmado, a contárselo a los otros. Era bien poco, y todo estaba la mar de confuso e incompleto; pero como motor de arranque bastaba y sobraba.

—Porque, queridos colegas —comentó sir Alfred—, nuestro problema consiste en que no tenemos que hacer una película, que nos resultaría bien fácil, sino una vida. Transformar una vida anodina repentinamente, convirtiéndola como por arte de magia en una vida emocionantísima. Y acabamos de toparnos con una oportunidad inigualable. ¡Metamos a Agapito de lleno en el ojo del huracán, en el epicentro del terremoto, y automáticamente su vida resultará apasionante!

—Tan apasionante como breve —objetó Huston, que no acababa de ver aquello nada claro.

—Eso, eso —protestó Buñuel—. Estoy de acuerdo contigo, John. ¿Cómo vamos a meter a ese pobre hombre en un berenjenal de gángsters y narcotraficantes? ¡Nos quedaríamos sin protagonista en cinco minutos! Vaya manera de transformar su vida: transformándola en muerte en cuanto la ponen en nuestras manos... No estoy de acuerdo.

Y, sacudiendo la cabeza negativamente, concluyó:

—Para eso, más vale que siga en el Boletín Oficial.

—Pero eso es peor todavía... —se horrorizó Huston.

—¡Señores, por favor! —repuso sir Alfred, irritado—. No me esperaba eso de ustedes. ¡Qué decepción! Esa actitud arruinaría nuestros planes. Siempre he visto claro, y lo he plasmado en todas mis películas, que sin auténtico peligro no hay emoción. Si el protagonista no corre grandes riesgos, si no se juega la vida, el público se aburre. ¡Y ahora tenemos una oportunidad única! En vez de crear una historia con actores y siguiendo un guión inventado por nosotros, vamos a crearla con personas de carne y hueso y en el mundo real. Es algo magnífico, ¿no? ¿No estábamos encantados de hacerlo?

Los otros dos le escuchaban, inquietos, expectantes.

—Pues para conseguirlo no tenemos más remedio que volver patas arriba la vida de Agapito. ¿No se hacen transplantes de corazón? Nosotros le haremos un transplante de vida. Y, puestos a ello ¿qué clase de vida quieren para él? ¿Otra tan sosa como la suya? Para eso no merecería la pena. Este hombre, enfermo de aburrimiento y rutina, necesita la siguiente cura de urgencia: una dosis masiva de acontecimientos, una inyección intravenosa de emociones tres veces al día, una transfusión de amor apasionado, y unos cuantos comprimidos de suspense, riesgos y sorpresas. Si conseguimos que al final saboreé un jarabe de éxito y felicidad, ¡todos contentos! Pero, si nos asustamos desde un principio, más vale que lo dejemos. ¡Ea, dejémoslo!

Y dio media vuelta para marcharse.Pero Huston le alcanzó en dos zancadas y le cogió del brazo, diciendo:

—Espera, espera. No lo echemos todo a perder.

Don Luis dijo:

—Nos has convencido. Podemos probar. Pero con una condición: que, ya que le metemos en semejantes berenjenales, le pongamos un ángel de la guarda. ¡Y de los más eficaces!

—¡Marilyn, Marilyn otra vez! —gritó Huston—. Ella será la rubia que le acompañe a la cita misteriosa. ¡Así cuidará de él!

—Exacto —aprobó Hitchcock—. Ya había pensado yo en ello. Y, para que vean que no llevo mi crueldad hasta el extremo de dejarle solo ante el peligro, había pensado no en un ángel de la guarda, sino en dos. Un ángel y una ángela. Ella ya está elegida. Él, más que el ángel de la guarda, tiene que ser el ángel guardaespaldas. Yo había pensado en Bogart.

—¡Estupendo! —gritó Huston—. A Agapito le vendrá de perlas, y a Humphrey le sentarán de maravilla la acción y la aventura. Tiene una depresión tremenda. No le va nada el pasarse todo el día en el Hogar del Jubilado.

—A mí me parece muy bien —aprobó Buñuel—. Para andar entre gángsters, no podríamos encontrar nadie mejor.

Y así fue como se puso en marcha la gran aventura que había empezado a contaros. Volvemos a encontrarnos, pues, en el lugar de la intrigante cita, el día exacto, a la hora en punto.

(Entre paréntesis diré que el encargado de conseguir que el indio de verdad y la rubia auténtica llegasen tarde a la cita fui yo. Pero no perderé el tiempo contándolo, y además no quiero adquirir un protagonismo que no me corresponde.) ❖

# 6. El mundo está loco, loco, loco

❖ Los dos funcionarios se acercaban al cruce con actitudes muy distintas.

Agapito deseaba ardientemente que allí no hubiera nada de particular, para volver corriendo a la oficina y deleitarse explicándole a Cándida lo que había que hacer con las pruebas de imprenta del día. Sonreía beatíficamente, imaginando ante sí la deliciosa perspectiva de días y días, semanas y años, poniendo comas con la ayuda de aquella rutilante mujer que tanta admiración le demostraba.

Ella, en cambio, era toda ojos, y rebuscaba en aquella encrucijada urbana algún detalle que se saliera de lo corriente. Estaba en estado de alerta y hervía de curiosidad.

Y algo se salió de lo corriente enseguida, incluso cuando aún les faltaban unos cuantos metros para llegar a la esquina.

Agapito había empezado a decir una vez más:

—Cándida, hale, volvamos, que aquí no pasa na...

Y ella le interrumpió bruscamente, chillando horrorizada "¡Cuidado!" y lanzándole de un empujón dentro de un portal, saltando tras él. Eso les salvó, pues una enorme furgoneta con el rótulo de una granja avícola se había salido de la corriente de coches para meterse en la acera con la sana intención de aplastarlos. Aquella mole pasó a pocos centímetros de Cándida, rebotó contra un farol, hizo unas cuantas eses y fue a caer en la boca del metro, en la que afortunadamente no había nadie en aquel momento.

A partir de ese instante, todo se desarrolló a una velocidad de vértigo y ocurrieron, una detrás de otra, una serie de cosas increíbles.

El guardia de tráfico corrió hacia ellos, les ayudó a levantarse y, sorprendentemente, le metió a Agapito una bolsa de caramelos en el bolsillo derecho de la chaqueta. Al mismo

tiempo, intentó arrebatarle las pruebas de imprenta del boletín; pero Agapito se resistió bravamente, y de pronto se oyó tal vocerío en la calle que tanto el guardia como él dejaron de forcejear y se asomaron, alarmados. Cándida salió tras ellos, arreglándose el vestido y el peinado.

Un montón de curiosos se arremolinaban junto a la boca del metro, gritando, llamándose unos a otros y riendo, pues el espectáculo merecía la pena. La furgoneta había rodado escaleras abajo y, volcada sobre un costado, taponaba la entrada. Sus puertas se habían abierto, y miles de pollitos amarillos correteaban por las escaleras, tropezaban unos con otros, piaban asustadísimos y revoloteaban torpemente sobre los transeúntes, llenando el aire con una finísima lluvia dorada de plumones sobre los que el sol del mediodía producía bellos reflejos.

Su criminal conductor, un patán de aspecto brutal, subió cojeando las escaleras, y al ver al guardia huyó a la pata coja, sujetándose la rodilla herida y lanzando maldiciones.

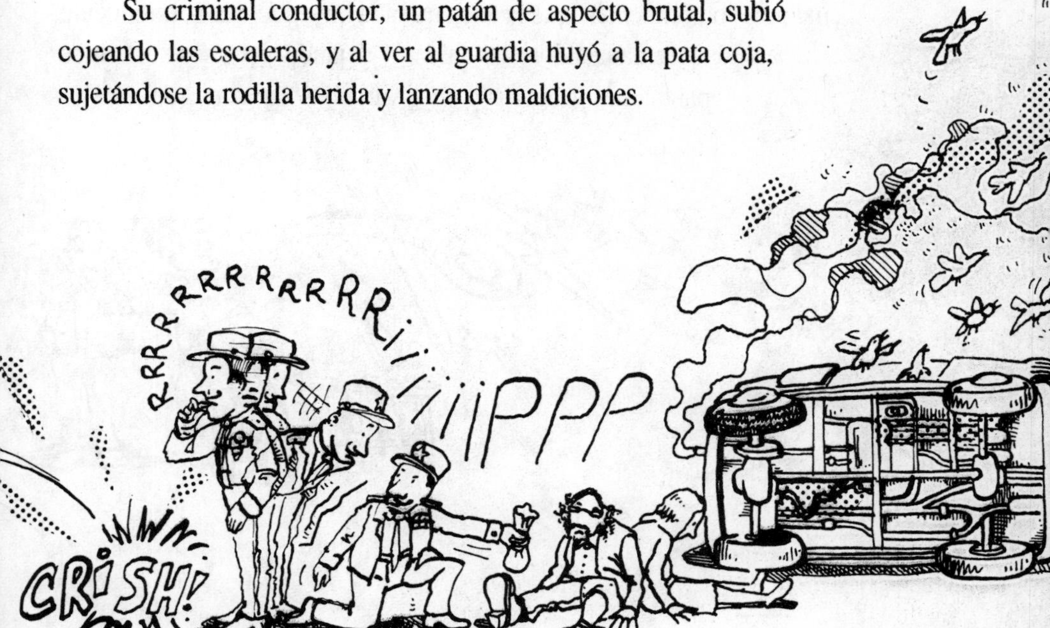

Mientras comentaban aquello excitadísimos, nuestros amigos caminaron hasta la esquina donde estaba la anciana pipera, con su arrugado y cetrino rostro enmarcado por un pañuelo negro, y sentada ante una mesita plegable que sostenía una gran canasta de mimbre llena de chucherías.

—Espera: ¿se me habrá perdido alguna hoja? —preguntó Agapito, parándose junto al puestecillo a contar los papeles que en ningún momento había dejado de aferrar con su mano izquierda.

Como si aquello fuese una señal convenida, la pipera se puso en pie y, cogiéndole por sorpresa, le arrebató los folios, le metió un cucurucho de cacahuetes en el bolsillo izquierdo, y en ese mismísimo momento puso cara de pánico, al ver algo situado a espaldas de nuestros héroes.

Y, todo en décimas de segundo, Agapito y Cándida vieron tres cosas, a cual más sorprendentes: que la anciana salía huyendo con sorprendente agilidad, remangándose las faldas y dejando ver unos sucísimos pantalones vaqueros y unos varoniles zapatones del cua-

renta y tantos. Que el quiosco de periódicos, situado a bastante distancia y a sus espaldas, avanzaba hacia ellos a gran velocidad, mientras salían de él unos cuantos pistoleros que se lanzaron en persecución de la pipera y del rufián de la furgoneta. Y que el guardia de tráfico se montaba tras un motorista sin duda preparado para ello, y corría también tras la pipera, perdiendo la gorra de plato, que dejó al descubierto una seductora y larguísima cabellera pelirroja que resultaba la mar de bonita ondeando al viento.

De varios coches aparcados empezaron a salir más pistoleros. Unos eran pequeños, silenciosos y fibrosos orientales de rostro amarillento que disparaban sobre la bella pelirroja y sobre los recién salidos del quiosco. Otros, muy morenos y chillones, gritaban con acento hispanoamericano y disparaban contra la pipera y contra los chinos. Para colmo, de pronto se oyó un tiroteo que venía de lo alto, y apareció un helicóptero desde el que más gángsters de piel amarilla empezaron a disparar contra los sudamericanos que aún pululaban por

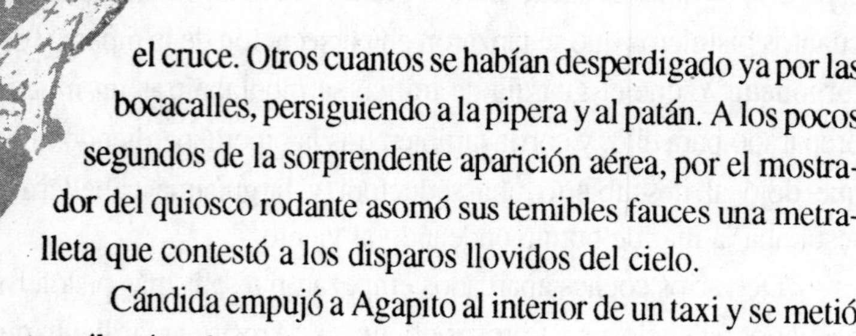

el cruce. Otros cuantos se habían desperdigado ya por las bocacalles, persiguiendo a la pipera y al patán. A los pocos segundos de la sorprendente aparición aérea, por el mostrador del quiosco rodante asomó sus temibles fauces una metralleta que contestó a los disparos llovidos del cielo.

Cándida empujó a Agapito al interior de un taxi y se metió tras él, gritando:

—¡Huya! ¡Sáquenos de este infierno, rápido!

El taxista arrancó, encogiéndose de hombros y diciendo:

—¡Ya quisiera yo! Pero con este atascazo...

No obstante, procuró escurrirse entre el alud de coches, hizo caso omiso de los semáforos y pisó el acelerador todo lo posible. Mirando por la ventanilla trasera vieron cómo iban cayendo todos los gángsters que estaban a la vista, y como el helicóptero, alcan-

zado por la metralleta, se desplomaba también, quedando enganchado en un gran anuncio luminoso que coronaba un edificio. Y vieron, sobre todo, que el quiosco de periódicos corría tras ellos como un tanque en plena guerra.

Esta nueva persecución —¡iban ya tantas en pocos minutos!— terminó trágicamente. Al cabo de un buen rato de zigzaguear por las bocacalles, intentando despistar al quiosco, desembocaron en la Gran Vía, donde el tráfico estaba totalmente colapsado.

—¡Huyamos a pie! ¡Aquí nos alcanzarán enseguida! —gritó Cándida, echando un puñado de monedas al taxista y saliendo del coche, seguida por Agapito.

Los ocupantes del quiosco echaron también pie a tierra, abandonando su extraño vehículo entre la marea de coches, y corrieron tras nuestros héroes, que les llevaban

bastante ventaja. Marilyn miraba hacia atrás mientras corría junto a Agapito. Un pistolero sudamericano que se había adelantado a los demás se paró, apuntó concienzudamente cogiendo con ambas manos su pistola, y ella vio claramente que iba a matar a su protegido.

TRAS
PUMPUM

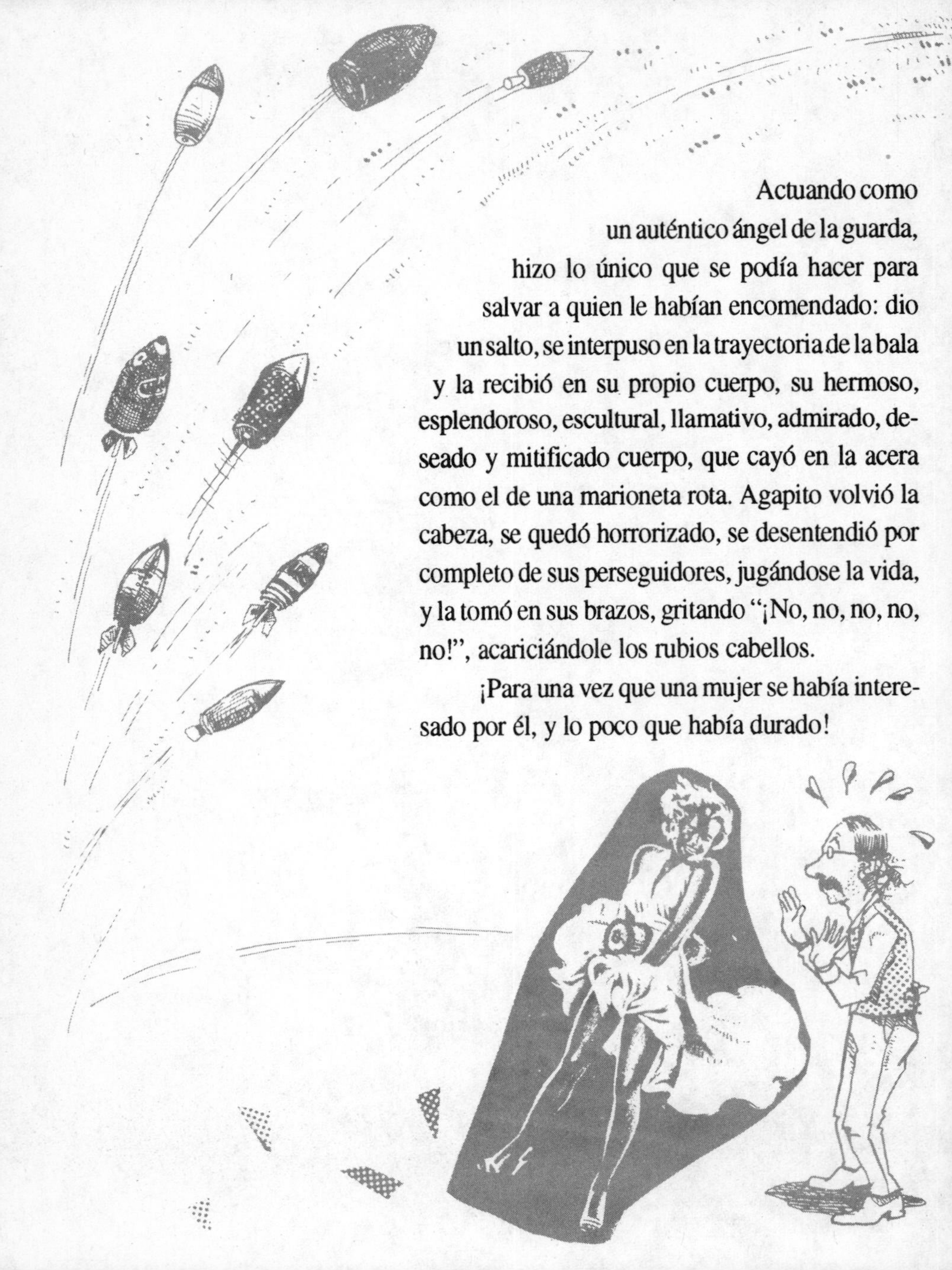

Actuando como
un auténtico ángel de la guarda,
hizo lo único que se podía hacer para salvar a quien le habían encomendado: dio un salto, se interpuso en la trayectoria de la bala y la recibió en su propio cuerpo, su hermoso, esplendoroso, escultural, llamativo, admirado, deseado y mitificado cuerpo, que cayó en la acera como el de una marioneta rota. Agapito volvió la cabeza, se quedó horrorizado, se desentendió por completo de sus perseguidores, jugándose la vida, y la tomó en sus brazos, gritando "¡No, no, no, no, no!", acariciándole los rubios cabellos.

¡Para una vez que una mujer se había interesado por él, y lo poco que había durado!

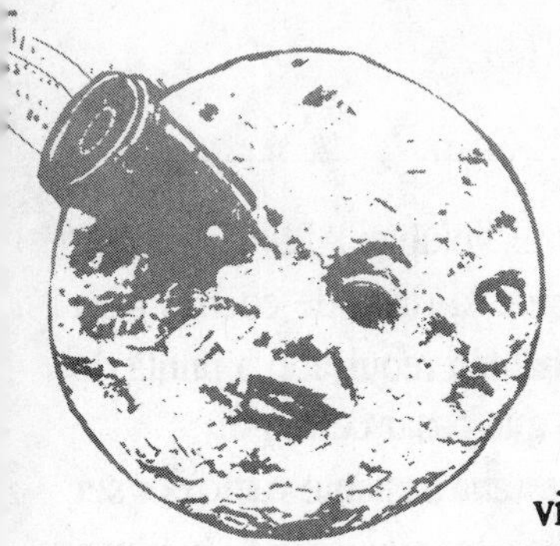

Agapito, que podía haber recibido otra bala, se salvó porque al asesino se le había descargado la pistola, y mientras la recargaba sucedió algo inesperado: una motorista morena, vivaracha y rellenita, de ojos brillantes, se salió del tráfico, irrumpió en la acera, se paró junto a Agapito, le hizo montar tras ella y gritó:

—¡Agárrate fuerte a mi cintura, que vamos a volar! ¡Si no, nos matan!

Como él se resistiera, queriendo volver junto al aún cálido y desmañado cuerpo de Marilyn, ella le gritó, acelerando:

—¡Es inútil! ¡A ella ya la han matado esos canallas! ¡Salvémonos nosotros!

Era Amelia, que —rabiando de celos— les había seguido desde que abandonaron la oficina.

—¡Lo he visto todo! —gritó mientras conducía como una loca en dirección a la Casa de Campo, incumpliendo todas las leyes de tráfico simultáneamente, con gran soltura.

—¿Sííí? —acertó a balbucir Agapito, con un hilo de voz.

—¡Ha muerto por ti! —siguió Amelia, con un nudo en la garganta—. Esa bala iba para ti. ¡Esa maravilla de mujer ha dado su vida para salvar la tuya, Agapito! ¡Qué emocionante!

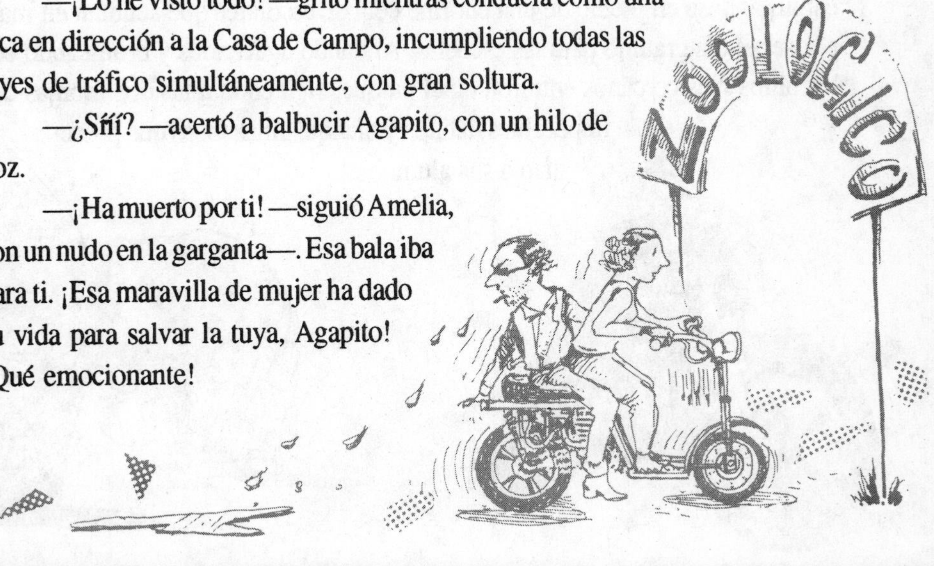

Y a los dos se les saltaban las lágrimas mientras volaban. Al llegar ante la puerta de la Casa de Campo la moto pudo salirse de la riada de coches para meterse allí; pero el coche rojo que los gángsters habían requisado a punta de pistola fue arrastrado por el alud del tráfico y tuvo que pasar de largo.

Se adentraron en el gran parque público, que estaba bastante vacío por ser día laborable. Vieron varios autobuses llenos de niños, los siguieron, y fueron a parar a las puertas del Zoo.

—Lo mejor es esconderse entre los niños —dijo Amelia, excitadísima.

—Pero si ya no nos persigue nadie... —objetó Agapito, intentando tranquilizarse a sí mismo.

—En cuanto puedan zafarse del torrente de coches entrarán en la Casa de Campo por otra puerta y la recorrerán entera, buscándonos. Aquí hay muchos colegios hoy. No nos encontrarán, y si nos pillan, entre tantísimo niño no se atreverán a disparar. ¡Vamos!

Escondieron la moto entre unos matorrales y corrieron a la entrada del Zoo, camuflándose en medio de una enorme cola de escolares que acudían en masa por ser el día gratuito para las escuelas. Andando agachados y bromeando con los niños más cercanos entraron en el parque, siguiendo a las dos monjas de impecables hábitos y blanquísimas tocas que precedían a sus alumnos.

Nada más cruzar la entrada, las monjas dijeron a los niños que si alguno quería pasar a los lavabos antes de comenzar la visita lo hiciese ahora, y varios niños y niñas, y las propias monjas, entraron en los aseos.

Amelia, que miraba inquieta hacia atrás, exclamó, aferrándose al brazo de Agapito:

—¡Allí vienen!

Efectivamente, el coche rojo venía hacia el Zoo, y por sus ventanillas se asomaban cuatro pistoleros que escudriñaban los alrededores. El coche frenó cerca de las colas de escolares, y los dos hombres de atrás bajaron, con las manos hundidas en los bolsillos, vigilando la zona de entrada.

Pero ya Amelia, empujando a Agapito, le había metido en los aseos de señoras, entrando tras él. A los pocos minutos salieron las dos monjas y, pasando ante las mismísimas narices de los pistoleros, iniciaron con sus alumnos la visita al Zoo.

¡Pero no eran las dos monjas, sino nuestros héroes, disfrazados! Agapito sustituía a la monja que tam-

bién llevaba gafas, y tapaba cuidadosamente su bigotazo con el cucurucho de cacahuetes. Le había dado a Amelia la bolsa de caramelos para que se tapase también media cara. Y ambos ocultaban sus melenas dentro de las tocas, al igual que las monjas.

Se alejaron rápidamente de la entrada, guiando a sus alumnos hacia donde más colegios se concentraban: la enorme jaula de los monos, el recinto de los elefantes y el pequeño escenario del Loro-Show, un espectáculo en el que varios loros y papagayos y un tucán multicolor hacían de equilibristas, montaban en minúsculos triciclos y realizaban divertidas acrobacias.

Nuestros amigos condujeron a los niños a la jaula de los monos, pegando sus caras a la tela metálica para hurtarlas a la contemplación de sus alumnos. Comprendiendo que no podía estar todo el rato con el gran cucurucho de cacahuetes ante la cara, Agapito se los echó a los monos, tiró el papel y, fingiendo un estornudo, se puso el pañuelo ante el bigote. Un niño vio que en el cucurucho quedaban algunos cacahuetes, los cogió y corrió a echárselos a los elefantes.

Mientras, Amelia vio con alivio que los dos pistoleros subían al coche y éste arrancaba, sin duda para seguir explorando la Casa de Campo. Se lo contó a su compañero. Tenía la boca reseca de tanto miedo. Desgarró la bolsita de caramelos, cogió uno y empezó a desenvolverlo. Pero un gran griterío de los niños la hizo interrumpir aquello y levantar la vista, alarmada.

Los monos que habían comido cacahuetes estaban haciendo gestos extrañísimos. Se agarraban la tripa con las manos, los ojos se les salían de las órbitas, y los niños reían a carcajadas, comentando a gritos lo cómico de sus expresiones. Otros miraban extrañados a los elefantes, que agitaban sus trompas y orejas como si sintiesen algo raro. Los monos empezaron a dar saltos mortales, a trepar vertiginosamente por las paredes de la jaula y por los troncos de árboles secos que allí había, a sacar la lengua a los niños y a las presuntas monjas y a hacer mil locuras.

Agapito, atónito, comprendió de pronto y susurró al oído de su compañera una breve palabra:

—¡Droga!

En ese momento, los elefantes iniciaron una danza asombrosa, pateando el suelo con sus patazas como si fuese un inmenso tam-tam, haciendo cabriolas, irguiéndose sobre dos patas, chocando entre sí y pegándose unos a otros unos trompazos tremendos.

Amelia, sin dejar de mirarlos, reanudó la interrumpida operación de desenvolver el caramelo, y se quedó de piedra:

—¿Ves lo que yo veo? —preguntó con un hilo de voz.

Aquello no era un caramelo: ¡era un brillante enorme, con muchas facetas de luz purísima que refulgían al sol!

No tuvieron ni treinta segundos para admirarlo, pues una ráfaga multicolor voló ante sus narices y lo hizo desaparecer. El tucán del espectáculo de al lado se elevó por los aires, engullendo trabajosamente el diamante. Y volvió hacia el escenario del Loro-Show, perseguido por las dos monjas, que daban saltos intentando alcanzarlo mientras él se lucía haciendo vuelo acrobático entre los aplausos del público, que creía que lo de las monjas formaba parte del programa.

Cuando los niños vieron que el exótico pájaro volaba hacia la puerta del Zoo con las monjas al galope tras él, su entusiasmo no tuvo límites, y nuestros amigos fueron despedidos con una ovación calurosísima.

—¡Esto no lo hay en ningún Zoo! —le comentaba un maestro a una maestra—. Es fantástico, ¿verdad?

El tucán, asustado al ver que corrían tras él dando gritos y con sus blancas tocas ondeando como gaviotas, consiguió que el diamante, atragantado a mitad del pescuezo, acabase de pasar. Y fue dando cortos vuelos de aquí para allá, posándose de árbol en árbol, y burlándose de ellos con sus graznidos. Nuestros héroes, con los hábitos remangados, llegaron al estanque de las barcas, donde casi todas estaban ocupadas por niños.

El tucán, al llegar a la orilla y ver que iban a atraparlo, voló hasta una barca y se posó en su parte delantera, quedándose allí inmóvil, desafiante, como un decorativo mascarón de proa. En sus ojillos podía apreciarse una expresión sarcástica.

Amelia y Agapito buscaron con la mirada una barca libre, pero en la única que quedaba se estaba montando un hombre. Se lanzaron al abordaje y ordenaron imperiosamente al hombre, que les miraba estupefacto:

—¡Siga a esa barca!

Los niños de la barca del tucán oyeron aquel grito y, deseosos de conservar al llamativo pájaro, remaron con gran brío, y la carrera resultó muy reñida. Uno de los niños, el que no remaba, les gritaba a los otros:

—¡Adelante, mis valientes! ¡Bogad, bogad aprisa! ¡Que no nos alcancen esos malditos piratas!

Agapito se quitó los hábitos y los tiró por la borda, junto con la toca, al tiempo que Amelia le imitaba, sin dejar de vociferar:

—¡Animo, capitán, que ya son nuestros! ¡Adelante, a toda vela! ¡Barco con pajarraco a estribor!

Las tocas flotaban en la estela de la barca como dos cisnes blancos. La otra barca llegaba ya a la orilla opuesta. El tucán voló de nuevo y fue a posarse en lo alto de un pino. Se divirtió viéndoles remar trabajosamente y saltar a la orilla llena de barro, y luego, tranquilamente, fue dando cortos vuelos de pino a pino, mientras ellos le seguían resoplando como fuelles.

Ya al límite de sus fuerzas, llegaron a una gran explanada rodeada de pinos donde había un escenario provisional y una serie de puestecillos de bebidas y helados. Unas grandes pancartas anunciaban para esa misma tarde un mitin-fiesta del Partido Comunista Antiestalinista, que culminaría con un concierto de rock.

Allí habría de tener lugar la próxima escena de las aventuras de Agapito. ❖

# 7. Esa pareja feliz

❖ AQUELLO ESTABA lleno de banderolas con las siglas del partido, altavoces, grandes focos y pancartas alabando al comunismo democrático español y atacando a los regímenes dictatoriales caídos en los países del Este. De momento no había nadie por allí.

Para el mitin faltaban unas horas, y la poca gente que andaba aquel día por la Casa de Campo se había ido a comer.

El tucán se posó en todo lo alto del pino más próximo al escenario y, fatigado por la larga persecución y por sus lógicas dificultades digestivas, hundió su decorativo pico anaranjado bajo un ala verde y amarilla y se quedó profundamente dormido.

Agapito dijo:

—Tenemos que esperar, pero escondidos, no vayan a volver esos criminales.

Ella correteó por los alrededores, buscando un sitio adecuado, y le llamó sonriendo alegremente:

—Aquí, aquí. En este pradito rodeado de arbustos estaremos estupendamente. Y sin perder de vista a ese maldito pájaro...

Allí, sobre la verde hierba, con un espléndido sol destellando entre las copas de los pinos, y rodeados de silencio, disfrutaron durante unas horas de una gran paz, de la que bien necesitados estaban. Alejados de todo, ocultos por espesos matorrales, recostados hombro con hombro contra el tronco de un grueso pino, miraban al tucán, comentaban animadamente los trepidantes acontecimientos del día, y comían caramelos, que era lo único que tenían para aliviar el hambre. Desgraciadamente, los demás caramelos eran caramelos y no brillantes. Afortunadamente, no estaban drogados, como los cacahuetes, sino que estaban estupendos.

Y allí, en aquel rato de calma, y muy poco a poco, se fue produciendo en nuestros amigos un milagro. Se sentían como la primera pareja humana en el principio de los tiempos. Aparte de ellos no existía nada. No se oía nada más que el canto de las cigarras en medio del calor.

Y después del miedo, la tensión y las carreras, la vida corría de nuevo por sus venas, más impetuosamente que nunca, incontenible. Se habían jugado la vida juntos, ella le había salvado, y ahora se daban compañía, palpitando a dúo en un rincón privilegiado de aquel mundo peligroso e incomprensible. Charlaban por los codos, reían excitadamente y se daban caramelos el uno al otro, metiéndolos él entre los rollizos labios de ella, ella entre los varoniles bigotazos de él.

Ella estaba impresionadísima por la vida apasionante y llena de aventuras de su compañero de oficina, y por el hecho de que aquella mujer hubiese muerto por él. Y nuestro protagonista, muy afectado por la muerte de la primera mujer que se había fijado en él, veía ahora que todo no había terminado, que también le gustaba a ésta, y que ella le gustaba a él. Y eso le hacía ocurrente, dicharachero, hasta ingenioso, por primera vez en su vida.

Y se produjo el prodigio de que, aunque los pistoleros seguirían persiguiéndolos, aunque no comprendían nada y en cualquier momento podía llegarles la muerte, en aquel instante y en aquel rincón ellos —misteriosamente— se sentían felices. Porque estaban empezando a sentir algo que no habían sentido nunca. Y que él había desistido de sentir alguna vez.

Cuando contasen a los amigos que se dieron cuenta de que se estaban enamorando mientras vigilaban a un tucán posado en un pino con un brillante en la barriga, y temiendo ver aparecer de un momento a otro a unos narcotraficantes sudamericanos dispuestos a matarlos, nadie —evidentemente— los habría de creer.

El sonido de sus primeros besos coincidió con el rugido de un camión que traía palmeritas y ficus para adornar el escenario, y de las furgonetas que empezaban a traer bebidas, bocadillos y tabaco. Siguieron escondidos, y más tarde, cuando aquello se fue llenando de público, se metieron entre la multitud.

Llegaban grupos vocingleros con pancartas que decían: "Viva el comunismo democrático", "Comunismo y libertad", "Mueran los dictadores del signo que sean" y cosas así. Reinaba el bullicio, los altavoces trasmitían música, y el recinto se llenó a rebosar. En el mismo momento en que el primer orador salió al escenario, recibido con calurosos aplausos, Amelia le dio un codazo a Agapito, señalando a la entrada:

—¡Mira! ¡Allí están!

Agapito vio con horror que sus perseguidores estaban entrando en el recinto y miraban en todas direcciones. Nuestros amigos, que estaban bastante cerca, se ocultaron tras un grupo especialmente compacto y entusiástico de asistentes. Los que vigilaban la entrada, provistos de brazaletes, se alarmaron al ver el aspecto atrabiliario de los pistoleros y les preguntaron si iban armados, diciéndoles que tendrían que dejar las armas en la entrada. El que parecía su jefe indicó a los otros tres que las dejasen y se dedicaran a buscar entre el público. Al menos, así podían interpretarse sus gestos desde donde los veía nuestra pareja.

—Ya las recogeremos al salir —se le oyó decir, en un momento en que los aplausos cesaron.

Agapito y Amelia se escurrieron entre la multitud, alejándose de la entrada apresuradamente.

—Ya están mirando a los asistentes, uno por uno —susurró Amelia, mirando hacia atrás.

—Pues tienen para rato —dijo Agapito—. Vamos hacia el escenario, que allí tardarán en llegar.

—Y además allí podremos vigilar de cerca al tucán —aprobó Amelia, sorteando ágilmente filas y filas de militantes enardecidos.

—Si bajase del pino y pudiéramos agarrarlo y salir corriendo... —resopló Agapito, siguiéndola.

Llegaron junto al escenario. El tucán se había despertado en cuanto el orador empezó a dar voces. Estaba aleteando perezosamente para desentumecerse, y abría el pico como si bostezase. Agapito y Amelia, sin quitarle ojo, oyeron distraídamente que el líder político decía:

—¡Compañeros! ¡Os tenemos preparada una sorpresa! Además de los oradores anunciados y del grupo de rock tenemos otras estrellas invitadas. ¡Unas estrellas la mar de interesantes! (Murmullos de curiosidad.) ¡Son dos amigos, dos compañeros recién llegados de Rumanía, donde tuvieron un papel destacadísimo en el derrocamiento del tirano! (Grandes aplausos.) Una pareja de auténticos revolucionarios que, como muchos de sus compatriotas, no podían aguantar más ese podrido y falso comunismo de Ceacescu, un dictador como lo pudieron ser Hitler o Musolini... (Gritos de "¡Abajo los tiranos, viva el pueblo!")

El tucán pareció descubrir los ficus y demás plantas del escenario y los miró con interés, volviendo su cabecita hacia todas partes.

—¡Y nos van a contar la difícil situación de su país, de primera mano! No sé por qué se están retrasando; pero confío en que enseguida les tendremos entre nosotros...

El tucán aleteó, cogió impulso, y bajó planeando hasta el mayor y más frondoso de los ficus.

—Podrán dirigirse a vosotros —proseguía el orador— porque, y lo digo con orgullo, ella es hija de madre española, y habla nuestro idioma. (Grandes aplausos.)

En cuanto el tucán empezó a darles tijeretazos a las grandes hojas del ficus, engulléndolas con avidez, Agapito y Amelia saltaron al escenario para abalanzarse sobre él. Pero el orador les cortó el paso, recibiéndolos con grandes muestras de alegría, dándoles abrazos efusivos y gritando entusiasmado:

—¡Aquí están nuestros amigos! ¡Aquí tenemos a los héroes del comunismo en libertad!

Una cerrada ovación les acompañó mientras eran conducidos al podium y el efusivo líder plantaba ante sus bocas el micrófono, indicándoles que hablaran.

—¡Compañeros, escuchemos a los mensajeros de un pueblo hermano!

Y la multitud dejó de aplaudir y vitorear y guardó un silencio expectante.

Agapito y Amelia se miraron horrorizados, y miraron a los pistoleros, que seguían recorriendo fila tras fila escrutando rostro tras rostro, y pronto llegarían al escenario. Pero ellos dos estaban ya muy curtidos en el peligro y reaccionaron enseguida. Sobre todo ella. Tapó la boca del micrófono con la mano y le susurró al oído:

—Yo acabo de leer un artículo sobre la situación de Rumanía y me lo sé de pe a pa. Tú habla en rumano, que yo haré la traducción simultánea. Mientras estemos aquí, ante todo el mundo, no se atreverán a matarnos.

Agapito miró al público. Estaba totalmente paralizado. Se sentía incapaz de pronunciar una palabra. ¡Y encima en rumano!Pero, súbitamente, se produjo en él una transformación increíble. Miró al público y vio que miles y miles de rostros amistosos, interesadísimos en lo que iba a decirles, aguardaban ansiosamente sus palabras, dispuestos a beberlas con unción y deleite. Se notaba claramente que, dijera lo que dijera, les iba a entusiasmar. ¿Cuándo se había encontrado él en una situación semejante? Ni una sola persona había manifestado jamás el más mínimo interés por escucharle, y ahora los tenía allí, a miles, a sus plantas, mirándole como a un héroe y dispuestos a considerar importantísimo todo cuanto dijera, y a aplaudirle a rabiar en cuanto terminase.

¡No podía desperdiciar aquella ocasión única! Además, ahora se daba cuenta de que le daba mucha menos vergüenza hablar en rumano. Si hubiese tenido que hablar en español y decir cosas coherentes e interesantes, jamás se hubiese atrevido. Pero ¿cómo demonios sonaría el rumano?

Todo esto pasaba por su mente en décimas de segundo, y Amelia, dándose cuenta de sus problemas, le echó un capote:

—¡Amigos de España! —gritó— ¡Aquí estamos con vosotros! ¡Un abrazo para todos! Mi compañero va a hablaros en rumano y yo iré traduciendo sus palabras...

Y, de pronto, surgiendo de lo más remoto de su infancia, le vino a Agapito un recuerdo salvador. ¡El lenguaje secreto de Los Proscritos! En el colegio, había sido el miembro más insignificante de una pandilla cuyo jefe inventó un lenguaje que practicaron con ahínco durante un par de cursos. De lo hondo de su memoria comenzaron a venirle frases que tenía guardadas amorosamente, al igual que las canicas, las chapas y los patines que conservaba al fondo de su armario.

Entonces se encaró con el público: Respiró hondo, hinchando el pecho, le arrebató el micrófono a Amelia con gesto decidido y se lanzó, elevando los brazos al cielo y gritando con un vozarrón que le salió de no sabía donde:

—¡Kamajaru malajuistojen yistavaskia Rumanía ekka España attajúuuuuuuuuuuuuu!

El éxito fue clamoroso. Una gran ovación acogió sus palabras e impidió que se entendiera la traducción que hizo Amelia, que terminó diciendo, cuando ya la multitud se iba apaciguando:

—... y estamos encantados de estar en España.

Agapito cogió aliento, clavó su mirada en los asistentes de la primera fila, señalándolos con el dedo, y vociferó a pleno pulmón, con toda la rabia acumulada durante muchos años de no ser escuchado por nadie:

—¡Jaivenikken morittoju talaman Ceacescu haskerhosus!

Y Amelia, cada vez más inspirada, tradujo inmediatamente y con gran fidelidad:

—De allí venimos, de nuestro bello y atribulado país tan asediado por todo tipo de problemas, y con los últimos miembros de la policía política de Ceacescu siguiéndonos los pasos. Porque los escuadrones de la muerte, esos sanguinarios enemigos del pueblo, aún siguen luchando contra la libertad.

Mientras sonaban los aplausos, le devolvió el micrófono a Agapito para que continuase. Pero él no siguió. Porque, mientras señalaba a los de la primera fila, se había quedado de una pieza: allí estaban ya los pistoleros, de espaldas al escenario, inspeccionando las últimas caras. Lo único que no miraban era el escenario, pues jamás se les hubiera ocurrido que los fugitivos fueran a ponerse en el lugar más visible.

Agapito le dio un golpecito con el pie a Amelia, y ella vio a sus perseguidores. El tucán revoloteó hacia el ficus que estaba a espaldas de la pareja y le dió un bocado tremendo a una hoja, y entonces Agapito alargó la mano y le agarró por el pescuezo. Y Amelia señaló a los pistoleros, bramando por el micrófono:

—¡Ahí están los de la policía política! ¡Ahí tenéis a los enemigos del pueblo! ¡Hasta aquí nos han venido siguiendo! ¡Esos cuatro de la primera fila! ¡No dejéis que nos maten, compañeros! ¡Ayu...

Sus palabras se cortaron, pues Agapito, lanzando un montón de tacos en rumano, arrancó de un tirón el cable del micrófono para atarle el pico al tucán, que le estaba dando unos bocados espantosos.

Los pistoleros se volvieron y les miraron con estupor, en el mismo instante en que las primeras avanzadillas de aquella mul-

titud enardecida caían sobre ellos. En cosa de segundos, los miles de asistentes al mitin formaron un remolino enfurecido alrededor de los cuatro pistoleros, empujándose unos a otros y rivalizando por darles una buena tunda. Los miembros del grupo de rockeros, que aguardaban impacientes su actuación, saltaron llenos de ímpetu al escenario e iniciaron su primera canción, animando con su ritmo aquella pelea colosal.

Agapito tiró de Amelia sin soltar al tucán, que aleteaba y pataleaba desaforadamente. Sin dejar de correr a través de la Casa de Campo, iluminada por el pálido resplandor de la luna, le ataron las patas y las alas y llegaron ante las puertas del Zoo, deseosos de montar en la moto y huir muy lejos. Pero les esperaba otra sorpresa muy desagradable.

—¡No está! ¡Se la han llevado! —exclamó horrorizada Amelia tras meterse entre los matorrales donde la habían dejado escondida.

—¡Maldita sea! —gritó Agapito, tropezando con algo y cayendo de bruces, a riesgo de aplastar al tucán—. ¡Atiza! Si es el tubo de escape... ¡Mira! ¡No se la han llevado! Aquí está...

Y señalaba tristemente las múltiples piezas de la moto, desparramadas por el suelo, desmontadas, destrozadas. La moto estaba totalmente desguazada, con el asiento de gomaespuma despanzurrado, las tripas del motor al aire y los neumáticos rajados y abiertos de par en par

—Han estado buscando el brillante como locos... —susurró Agapito, dejándose caer en el suelo, abatidísimo.

—¡Canallas! ¡Mi moto! —se quejó Amelia, tristísima—. Justo cuando acababa de pagar el último plazo...

Pero él se puso en pie, venciendo su propio desánimo, rodeó sus hombros con un brazo y, vertiendo en sus oídos palabras de aliento, la hizo caminar a buen paso.

—Hale, ánimo. ¡Sé fuerte! Tenemos que recuperar el brillante y evaporarnos lo antes posible.

Anduvieron mucho rato, cogidos de la mano. Salieron a la calle y recorrieron todo aquel barrio buscando una farmacia de guardia. Al fin encontraron una.

—¿Tiene usted un buen laxante? —le preguntó Agapito al farmacéutico, depositando el pájaro sobre el mostrador.

El farmacéutico, que estaba viendo un partido de fútbol por televisión, les miró a los tres con extrañeza; pero no comentó nada, pues no quería distraerse ni perder tiempo, y les dio un frasco de jarabe.

—¿Cuál será la dosis correcta? —preguntó Amelia, señalando al tucán.

—¿Para el pájaro? —contestó el hombre, mirando alternativamente al tucán y a la pantalla—. Imagínese: si una persona debe tomar un par de cucharadas, ese bicho tendrá de sobra con dos o tres gotas. Tenga este cuentagotas.

—Oiga, pero ¿no será corrosivo? —se inquietó Agapito.

—¿Para su estómago? No creo.

—No, para los brillantes. No estropeará los brillantes, ¿verdad?

El boticario, sin dejar de mirar al televisor, echó un distraído vistazo al prospecto y dijo:

—Nada, no tiene absolutamente ninguna contraindicación para los tucanes ni para los brillantes. Pueden ustedes usarlo con toda tranquili... ¡Gol! ¡Goooool! ¡Gooooooooool!

Y empezó a dar saltos de alegría.

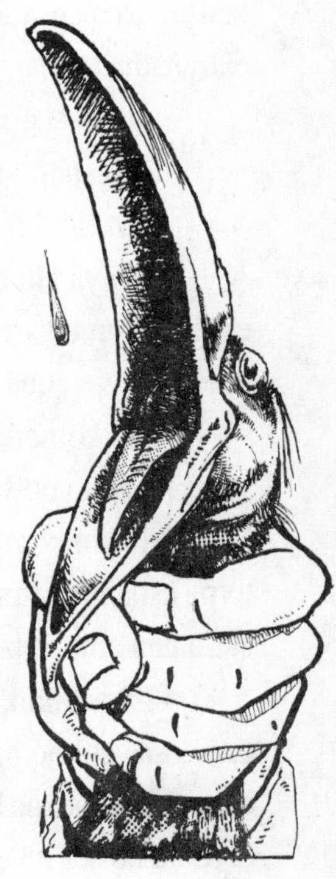

Minutos después, sentados en un banco de la calle desierta, contemplaban hechizados el fantástico brillante a la luz de un farol, tras haberlo lavado en el chorro de una fuente. El tucán, ya liberado de sus ataduras, se había ido volando.

—¡Qué maravilla! —se extasió Amelia, mirando a la piedra preciosa como hipnotizada—. Es soberbio...

—Lástima que no sea nuestro... —se lamentó Agapito.

—A lo mejor el dueño nos da una buena recompensa cuando se lo devolvamos —se ilusionó ella, añadiendo—: y a lo mejor hasta nos deja ir a verlo de cuando en cuando.

—Sí, pero ¿quién demonios será el dueño?

—¡Cuidado, escóndelo! Viene un coche.

—¡Es un taxi! ¡Qué suerte! Corre, vamos a cogerlo.

Y corrieron hacia el taxi, llamándolo a gritos. ❖

# 8. Desayuno con diamantes

❖ SE METIERON en él, y ni siquiera habían cerrado las portezuelas cuando el taxista arrancó a toda velocidad y enfiló hacia las afueras. Amelia protestó, extrañadísima:

—Pero si no le hemos dicho dónde vamos...

Y Agapito gritó, horrorizado:

—¡Adiós! ¡El hombre de la gabardina! ¡Pare, pare, que nos bajamos!

Pero ya Humphrey Bogart había puesto el taxi a ciento y pico, mientras encendía un cigarrillo, tranquilamente.

—Pero ¿qué pasa, Agapito? ¿Quién es?

—El hombre de la gabardina...

Agapito no sabía decir otra cosa.

Ni Humphrey le hubiera dejado, pues empezó a hablar rápidamente en su torpe español, disparando las palabras con un sonido seco y contundente como el de una ametralladora:

—Tranquilo, amiguito, que las cosas no estar para que tú andar por ahí solo. Las cosas al rojo para tú, muchacho, y más te vale ir con buen guardaespaldas como yo. Si no me haber noqueado esta mañana, si yo haber estado con ustedes, la rubia no ser muerta. Aunque ya veo que has cogido recambio rápidamente.

¡Tenías morena de repuesto! Eso estar bien, muchacho, estás hombre de recursos, y te va a hacer falta. Porque desde matanza de esta mañana dos bandas hacer guerra final, y sus batallas ya en muchas ciudades. Y están furiosos con vosotros, amiguito. Conmigo estar seguros. Además, tengo llevaros ante muy importante personaje que quiere veros. Dejar concentrar en conducción, que tener que volar.

Nuestros amigos se quedaron impresionados. Apretándose el uno contra el otro, cuchichearon un momento, y ella le dijo a él que estuviera tranquilo, que aquel hombre le inspiraba confianza.

—Tiene una seguridad en sí mismo tremenda. Y además, ¿no has notado que se parece muchísimo a Humphrey Bogart? A mí me cae fenómeno.

Callaron durante el resto del recorrido, cada vez más asombrados. Porque el coche les llevó hasta el Cerro de los Ángeles, donde, en un calvero entre pinares, les esperaba un helicóptero. Humphrey tomó los mandos y volaron largo rato hacia el Sur. Al fin el helicóptero fue perdiendo altura, en una ondulante comarca de olivares plateados por la luna. Aterrizó cerca de un cortijo muy bonito que, como enseguida comprobaron, estaba convertido en hotel de superlujo. Al entrar, siguiendo a Humphrey, vieron que estaba decorado con muy buen gusto, armonizando el sabor andaluz y campero con un refinamiento exquisito. Aparte de los ceremoniosos y silenciosos empleados no se veía un alma, por estar vacío el hotel o por ser ya tarde.

Bogart se encaminó con su aplomo acostumbrado a la recepción y le espetó al recepcionista:

—Muchacho, decir tu jefe que traigo a pareja que busca.

Agapito y Amelia se estremecieron: ¿les iría a traicionar, entregándolos a sus enemigos?

El recepcionista respondió muy educadamente:

—Ah, el señor pregunta por el director del hotel, ¿no?

—No gastar cartuchos conmigo, amiguito. Dejar de cuentos. Hablo de tu jefe de verdad —y añadió, señalando al suelo con el pulgar—, del que es abajo, en la cueva.

El empleado palideció, balbuceó algo confuso y desapareció por una puerta. Volvió al cabo de bastante rato, más ceremonioso que nunca:

—El señor no ha llegado, pero llegará y les recibirá. Mientras tanto, están ustedes invitados a cenar. Como sin duda sabrán, nuestro restaurante es de primerísima categoría. Síganme, por favor.

Humphrey les dijo que cenaran ellos dos. Él se tomaría tres whiskis en la barra —uno de primer plato, otro de segundo y otro de postre— y luego tenía que irse. Le miraron alarmados; pero él les tranquilizó con unas palmadas, diciéndoles:

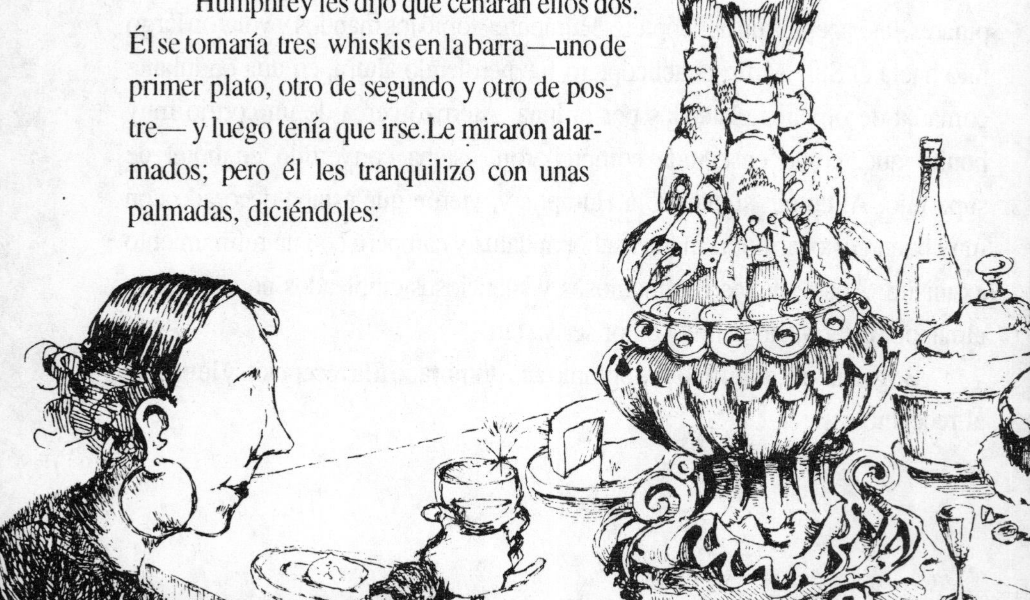

—Tranquilos, pollos, que siempre seré con vosotros si hacer falta —y añadió mirando a Amelia—. Si me necesitas, silba.

Algo más tranquilos, nuestros amigos disfrutaron de la más deliciosa y suculenta cena de toda su vida. Se sentaron a una mesa estupendamente preparada, un camarero encendió las velitas del pequeño candelabro de plata que había en el centro, y de algún rincón discreto comenzó a brotar un suave y armonioso dúo de violín y piano. Charlando ya bastante relajados, se tomaron una copita de jerez hojeando la carta y decidieron que, puesto que tenían un hambre de lobos y no había manera de escapar, lo mejor sería disfrutar del momento sin preocuparse lo más mínimo por lo que pudiera suceder después del postre.

Ambos se regalaron al principio con unos langostinos fresquísimos, un jamón de pata negra la mar de sabroso y unas ostras que sabían a mareas y rompien-

tes. Después ella tomó cocochas y faisán a las uvas, y él langosta y un jugosísimo solomillo con hígado de pato. Todo estaba soberbio. Lo regaron con unos vinos espléndidos, degustaron un surtido de sorbetes y otro de repostería variada con bienmesabe, leche frita y tocinillos de cielo, y aceptaron para terminar unas copas de burbujeante champán.

Amelia, llena de sensaciones nuevas, no hacía más que decirle a Agapito que junto a él la vida merecía vivirse:

—Siempre te están pasando cosas extraordinarias... Qué estupendo, poder disfrutar de todos estos refinamientos... ¡Así da gusto! Y en la oficina todos pensando que eres más aburrido que una ostra...

Al final se les acercó el recepcionista para decirles que el señor les estaba esperando, y les precedió hasta una puertecilla medio escondida que daba acceso a una angosta escalera de bajada, indicándoles que siguieran solos. Intrigadísimos, fueron bajando los desgastados peldaños antiquísimos y rozando con los dedos las irregulares paredes de roca, y bajaron y bajaron y bajaron. Cuando llegaron a un fuerte portón de cuarterones éste se abrió para darles paso, y se encontraron con que Agapito les estaba esperando.

¡Sí, Agapito! Con su misma melena, su mismo bigote y su mismísimo aspecto oriental. Amelia, desconcertada, les miraba a los dos, preguntándose si habría bebido demasiado. Pero aquel hombre se quitó la peluca y los bigotes y apareció con el cráneo totalmente rapado. Les saludó con una inclinación, sin decir palabra, y les indicó con un gesto que pasasen.

Aquello era espectacular.

—¡Una cueva de bandoleros! —exclamó Agapito, que iba de asombro en asombro.

—¡Madre mía! ¡Es fantástico! — ensalzó Amelia.

Allí, bajo la colina sobre la que se asentaba el antiguo cortijo, alguien —sin duda unos bandoleros— había acondicionado una cueva natural, convirtiéndola en una guarida inencontrable. Era una gran sala circular cubierta por una tosca cúpula, y de sus muros colgaban amenazadores trabucos, relucientes navajas, una espléndida colección de sillas de montar con estribos repujados, alforjas coloristas, abigarradas mantas y toda clase de utensilios que evocaban la gran época del bandolerismo andaluz.

¡Y allí estaban los bandoleros! Bueno, esa fue la primera impresión que la pareja recibió, con un sobresalto. Formando una circunferencia junto a las paredes se hallaba toda una cuadrilla de maniquíes morenos de verde luna, con sus rostros patilludos y recios, su chaquetilla corta y su sombrero calañés, y cada cual con su trabuco apuntando a los recién llegados. Éstos, una vez pasado el susto inicial, curiosearon por allí y se extasiaron ante una estupenda colección de grabados antiguos con retratos de bandoleros famosos y, en fin, con cuanto constituía un auténtico museo del bandolerismo.

Repuestos de la sorpresa, preguntaron a su anfitrión qué quería de ellos; pero él señaló su boca explicando por gestos que era mudo. Luego cogió un bloc, a la par que miraba el reloj, y escribió unas líneas:

—No soy yo quien desea verles, sino mi jefe. Pero habrá que esperarle unos veinte minutos.

Al cabo de un rato sonó un teléfono, el calvo escuchó lo que le dijeron, y les hizo señas de que le siguieran. Al parecer había un cambio de plan. En efecto, a la media hora nuestros amigos volaban en una superlujosa avioneta, como únicos tripulantes pilotados por una llamativa rubia nórdica que no dijo palabra durante las varias horas que duró el viaje. Además de que era de noche, todas las ventanillas estaban cerradas con algún tipo de seguro, de forma que no pudieron mirar por dónde iban. Al fin cayeron dormidos, y se despertaron al notar que el avión se preparaba para aterrizar. Las ventanillas se abrieron y ambos lanzaron, una vez más, una exclamación de asombro.

Sobrevolaban, ya a poca altura, un inmenso desierto sobre el que comenzaba a alzarse el sol. La avioneta enfilaba un barranco largo y recto, como una llaga abierta en aquella dorada superficie. Un hondo y angosto desfiladero encajonado entre dos murallones de rocas pardas. Su fondo sirvió como pista de aterrizaje.

Una vez hubo tomado tierra, la piloto giró en ángulo recto y dirigió la avioneta directamente hacia uno de los dos farallones laterales. Cuando nuestros amigos chillaron, pues parecía que se iban a estrellar contra aquel muro de roca, se abrió en la pétrea superficie una fisura vertical, se desplazaron lateralmente ambos lados de la inesperada puerta, y la avioneta entró en un gigantesco hangar subterráneo poblado por la más ultramoderna colección de aviones, helicópteros y automóviles de superlujo que se pueda imaginar. Varios mecánicos con monos azules se ocupaban de ellos.

La piloto les precedió hasta una sala que había al fondo del hangar, deteniéndose a esperarlos en su centro, donde las losas multicolores del suelo dibujaban la rosa de los vientos. En cuando los dos se le unieron, ella dio un fuerte taconazo en un punto concreto del pavimento y el suelo se hundió, descendiendo a manera de ascensor hasta varios metros más abajo.

Dos enanos ataviados a la usanza árabe, con largas cimitarras arrastrando por el suelo, les abrieron un portón de acero, y los recién llegados desembocaron en una sala de guardia en la que otros ocho enanos con cimitarras formaban dos filas ante una enorme puerta de bronce con inscripciones en la bellísima escritura arábiga. Lo que vieron al traspasarla superó toda su capacidad de asombro, tan ejercitada ya.

—¡Un oasis! —exclamó Amelia con un hilo de voz.

—¡Un oasis bajo el desierto! —susurró Agapito, completamente anonadado, sintiéndose empequeñecido, tal como cuando entra uno en una gran catedral.

¡Aquello era bellísimo! La inmensa sala tenía el suelo cubierto de arena suavemente ondulada, y en su centro resplandecía un lago azul de orillas sinuosas, a las que se asomaban las palmeras. Éstas eran muy airosas, esbeltísimas, cimbreantes, con unas frondosas copas de palmas relucientes bajo las cuales colgaban fecundos racimos de dátiles anaranjados encendidos. Los recién llegados no lograban imaginar con qué material estaban hechas. De algún lado venía una brisilla agradabilísima que olía a hierbas aromáticas. A orillas del lago había una gran tienda de campaña muy lujosa, toda blanca. Algo más lejos se veían tres casetas de baño, como minúsculas tiendecillas de campaña a juego con la otra. Y lo más asombroso era el firmamento. Sí, el firmamento. Porque la cúpula que cubría aquel oasis milagroso era como una campana de cristal del color del cielo, en uno de cuyos lados emergía ya el sol, mientras que en otro se iba difuminando paulatinamente la luna.

La nórdica les condujo al interior de la tienda, les hizo sentarse en el suelo, sobre los cojines bordados y las ricas alfombras que lo cubrían, y les dejó solos, indicándoles por señas que esperasen, que alguien llegaría enseguida.

Y él llegó.

Los cortinajes que cubrían la entrada se abrieron y el jeque entró en la tienda.

Nuestros amigos se pusieron en pie de un salto, impresionados. Porque el jeque irradiaba majestad. Su cuerpo diminuto, a pesar de tratarse del de un enano ligeramente corcovado, tenía un empaque imponente. Sus ademanes tenían una gran armonía. Sus atavíos, del más puro estilo árabe, eran elegantísimos y de un blanco deslumbrante. Su rostro, muy pálido, era bello y sereno. Y sus ojos eran los más vivos, inteligentes y penetrantes que Amelia y Agapito habían visto destellar nunca.

(Buñuel, allá arriba, se frotaba las manos muy contento, pues la guardia de enanos había sido idea suya. A mí me tuvo todo el mes de agosto recorriendo circos hasta dar con una "troupe" de enanos que estaba deseando cambiar de oficio. Y el jeque aceptó encantado su ofrecimiento, ya que su anterior guardia de negros gigantescos le estaba produciendo un creciente complejo de inferioridad.)

Aquellos ojos les sonreían ahora amablemente, mientras el propietario de tantas maravillas les saludaba llevándose una mano al pecho y pronunciando unas palabras árabes que sonaron algo así como "salam alikom", para enseguida empezar a hablar en un castellano bastante correcto:

—Bienvenidos a mis territorios, queridos amigos. No se preocupen por el idioma, pues como ven puedo hacerme entender en español, ya que voy con frecuencia a mi mansión de Marbella o al lujoso hotel de mi propiedad que ya conocen. Hablo casi todos los idiomas cultos, y el suyo me gusta mucho. ¡Maravilloso país el de ustedes! Pero salgamos al aire libre, a disfrutar de mi soñado oasis. ¿Saben que es cierto, que la idea de crear este oasis me vino soñando?

Salieron y vieron que alguien había colocado entre la tienda y el lago, bajo el más decorativo grupo de palmeras, una gran alfombra, unos cojines de cuero repujado y unas mesitas bajísimas con incrustaciones de marfil. Sobre ellas había una bandeja de plata con el servicio del té moruno y otra con dulces y pastas. Unos peces rojos y dorados les miraban con curiosidad desde cerca de la orilla.

—Siéntense, por favor —les dijo, sentándose él también, mientras seguía—. Les serviré yo mismo el té, pues deseo que hablemos en la mayor intimidad. Quiero expresarles, ante todo, mi más caluroso agradecimiento.

Agapito y Amelia se miraron, extrañadísimos, y preguntaron al unísono:

—Agradecimiento, ¿por qué?

Pero ya el jeque les estaba indicando con un gesto que cogieran sus tazas, mientras les preguntaba:

—¿A qué hora desean que tomemos este té, que marcará, estoy seguro, el inicio de una buena amistad?

—¿Que a qué hora? —repitió Agapito, sin entender nada.

—Pero ¿no vamos a tomarlo ahora mismo? —se extrañó Amelia.

El jeque rió, diciendo:

—Oh, sí, pero ¿cuándo es ahora? Aquí no existe el tiempo. Ese es mi mayor privilegio, mi mayor fortuna. Los hombres más ricos del mundo, los pocos que rivalizan conmigo, lo han comprado casi todo. Dominan el mundo de las finanzas, de los medios de comunicación, de las decisiones políticas y de casi todo. Pero no dominan el tiempo.

Y, sonriendo traviesamente, como jugando un poco con ellos, les preguntó de nuevo:

—¿A qué hora quieren que tomemos este té? ¿Les parece bien al atardecer? Lo creo oportuno, pues estoy seguro de que cuando llegue esa hora ya seremos buenos amigos. Ahorrémonos, pues, los trámites intermedios.

Pulsó los botones de un mando a distancia, y la cúpula que les cubría se tornó levemente rosada, a la par que el sol enrojecía y se iba hundiendo en el horizonte, y empezaban a vislumbrarse las estrellas de mayor brillo.

—Ooooooooh —se quedaron embobados Amelia y Agapito, como hace la gente que contempla unos fuegos artificiales.

El firmamento se fue enriqueciendo paulatinamente con más y más estrellas, que destacaban sobre un fondo de aterciopelada negrura, a medida que fue avanzando la conversación. La cual resultó reveladora, y además estuvo aderezada con otra sorpresa de las que tanto parecían gustarle al jeque. Pues ocurrió que, al tomar los primeros dulces, hechos con piñones, almendras, miel y dátiles, vieron con estupor que cada uno de ellos tenía engarzado en su centro un pequeño diamante.

—¡Cielo santo! —estalló Amelia, totalmente superada ya por las circunstancias —. ¡Qué idea más bonita!

El jeque rió de buena gana y dijo:

—¡Cómo disfruto yo con estas pequeñas bromas! ¿No son bonitos? Estos dulces árabes así enjoyados son un símbolo de lo que a mí me interesa hacer con el dinero: algo que a nadie se le haya ocurrido antes. Como este palacio subterráneo, que enseguida les mostraré, o este fascinante oasis, o estos insólitos dulces. No me negarán que a ningún repostero, por mucho gusto y mucho mimo que haya puesto en la presentación de sus pasteles, tartas o golosinas, se le ha ocurrido jamás nada tan hermoso y sorprendente.

Y, haciendo destellar de nuevo una de sus brillantes miradas traviesas, añadió:

—Además, vienen muy a cuento, puesto que es de diamantes de lo que tenemos que hablar.

Agapito y Amelia se pusieron tensos, sin por ello dejar de prestar atención al mordisquear cada pasta, para no hincarle el diente al diamante central. el cual depositaban al final sobre la bandeja, como se hace con los huesos de las aceitunas.

—Me preguntaban el porqué de mi profundo agradecimiento —siguió el jeque, entre sorbo y sorbo de té—, y se los voy a decir: les estoy muy agradecido por cuatro razones.

Y comenzó a enumerarlas con los dedos:

—Ante todo, porque usted y su rubia compañera se jugaron la vida al acudir a la peligrosísima cita en lugar de mis dos brazos derechos, con lo cual estos excelentes colaboradores míos no han corrido ni el más mínimo peligro. En cambio, si hubiesen ido ellos, seguramente mi rubia hubiera muerto, tal como lamentablemente ocurrió con la suya.

Agapito asintió, entristecido.

—En segundo lugar —se veía que el jeque disfrutaba con lo que iba diciendo—, porque gracias a la increíble habilidad que viene demostrando, usted ha conseguido cobrar de ambas bandas lo que yo iba a cambiarles por unos importantísimos documentos, y no les ha dado más que unos papeluchos sin importancia.

—Oiga, que eran las pruebas del Boletín Oficial del lunes... —protestó Agapito.

—En cambio yo —siguió el jeque pasando por alto la interrupción— había ofrecido unos documentos secretos importantísimos, robados al gobierno de una nación árabe muy conflictiva, tras arduas labores de espionaje y habiendo perdido a varios de mis espías en el empeño.

Y agregó, frotándose las manos:

—Gracias a usted los conservo y podré venderlos otra vez. Para colmo, y voy con mi tercer motivo de agradecimiento, usted me está quitando de encima un montón de competidores, pues ambas bandas se están exterminando mutuamente desde que usted hizo su aparición en el cruce. Y dado que son dos de las pocas bandas de narcotraficantes que me hacen sombra, me estoy quedando ... ¿cómo dicen ustedes?... como perro al que le quitan pulgas. Aún quedan otras dos bandas de gángsters en Nueva York y Chicago que también me molestan; pero tengo un plan para quitármelas de encima, y espero que ustedes me ayuden.

Agapito y Amelia se miraron, intrigadísimos y alarmados a la vez, mientras su amable anfitrión proseguía:

—En cuarto lugar, le estoy agradecidísimo porque haya salido ileso en medio de una ensalada de tiros y tras una peligrosísima persecución, sin perder la serenidad en ningún momento. Ello demuestra que es un hombre de valor y además con mucha suerte. Yo creo mucho en los hombres que tienen la "baraka", la bendición de Alá, la suerte de su lado. Y me gusta tenerlos a mi lado también. Además, la única desgracia a lamentar ha sido la muerte de su rubia acompañante, pérdida muy sensible sin duda y por la cual le acompaño en el sentimiento; pero sobre todo admiro la naturalidad con que la ha sustituido por una morena en cosa de segundos, demostrando que es usted un hombre de recursos.

"¡Y dale! Qué perra han cogido todos con eso...", se dijo Agapito para sus adentros.

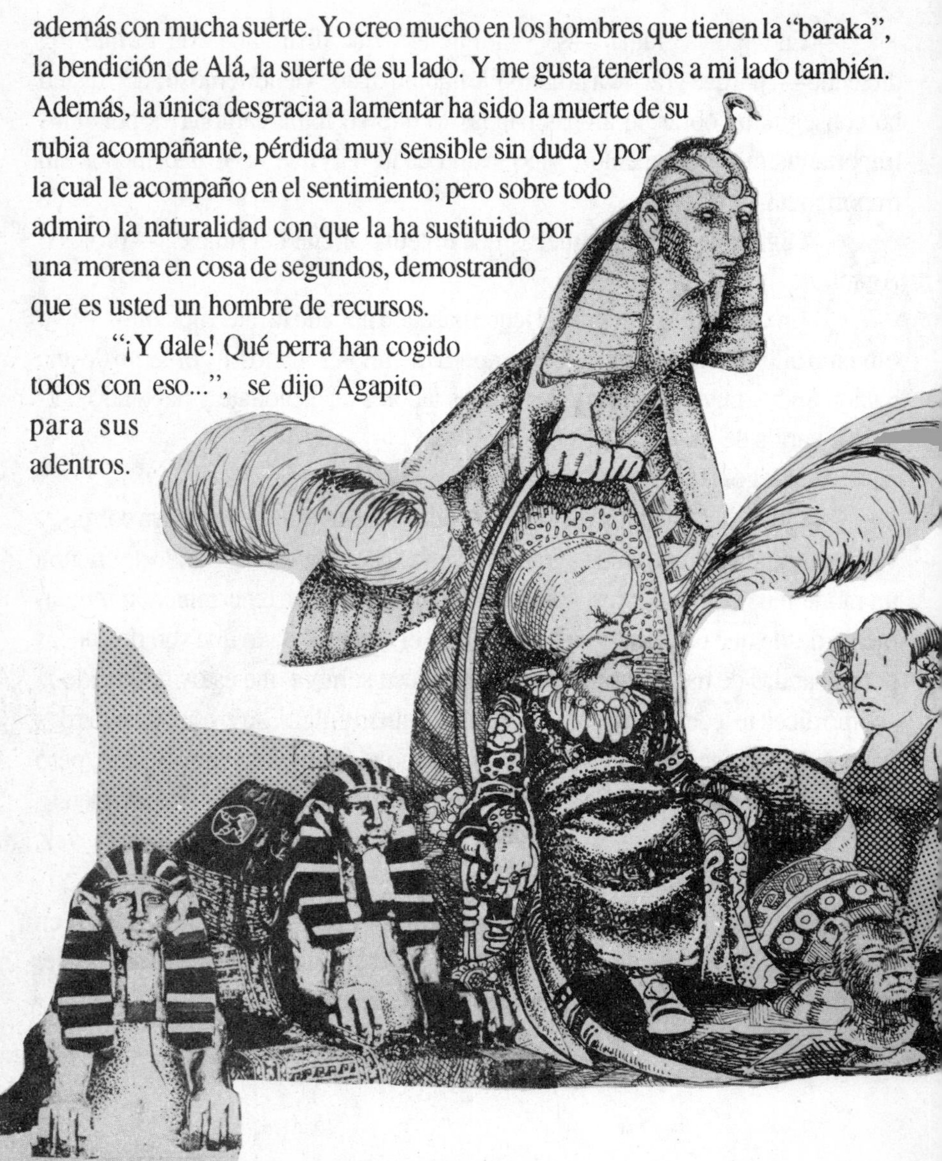

"¡Maldita sea!", pensó Amelia sin atreverse a decirlo en voz alta, "todos me consideran como una rueda de repuesto. ¡Pues yo les demostraré que no lo soy! La advenediza era ella. ¡La titular soy yo!"

El jeque se puso en pie y les invitó a seguirle:

—Vengan, vengan, que quiero enseñarles mis tesoros. ❖

# 9. La joya de la corona

❖ —PERO ANTES demos la vuelta al lago —propuso.

Caminaron por la arena, girando la cabeza de un lado a otro para contemplarlo todo plácidamente, y Agapito, mirando la tersa superficie del agua, preguntó:

—¿Y cómo no se le ha ocurrido a usted poner algunos cisnes, que harían tan bonito?

Con una amable sonrisa que suavizaba su respuesta, el jeque dijo:

—Precisamente porque eso es lo primero que se le hubiese ocurrido a cualquiera.

Agapito se quedó bastante cortado; pero su anfitrión siguió diciéndole, como excusándose:

—Compréndame: yo no puedo hacer lo que cualquier otro haría. Lo que usted sugiere habría resultado precioso —Agapito respiró, complacido, y él siguió—. Pero mis inmensas riquezas me obligan al más difícil todavía, a hacer cosas muy originales, que nadie haría si no tuviese sobre sí esta... —titubeó, y acabó la frase con una expresión de gran abatimiento— ...esta maldición de tener tantísimos milllones de millones.

Agapito y Amelia consiguieron, con un gran esfuerzo, dedicarle una mirada compasiva. Mientras buscaban algunas palabras que pudieran reconfortarle, él, animado sin duda por la cariñosa comprensión que le demostraban, retomó el hilo:

—Volviendo a nuestra interrumpida conversación, quiero decirle, ahora que le tengo delante, lo que pensé cuando me informaron ayer por teléfono de todo lo sucedido en el cruce. Pensé: ¡por fin he encontrado a alguien capaz de llevar a cabo mis planes tal como yo los he soñado! Porque yo había preparado una jugada maestra; pero nunca pensé que saldría tan redonda.

—¿Qué quiere decir? —preguntó Agapito.

—Me explico: al tener en mis manos esos documentos Top Secret, de los cuales puede depender la paz del mundo, decidí ofrecerlos a dos bandas a la vez. Una iba a pagarme con drogas, moneda corriente en mis transacciones comerciales; pero a la otra le pedí que consiguiera para mí, como fuese, el diamante más valioso del mundo. Para cualquier banda, esos documentos son valiosísimos, pues cada uno de los más poderosos gobiernos de la tierra estaría dispuesto, con tal de echarles un vistazo, a hacer la vista gorda en muchos asuntos. Mi plan al intentar esa doble venta simultánea consistía en que, al menos, estaba seguro de que cobraría una de las dos cosas —la de la banda que llegase antes—, y con un poco de suerte podría conseguir las dos. Pero, sinceramente, lo veía difícil. ¡Y he conseguido las dos, sin dar nada a cambio ni arriesgar el pellejo de mis fieles ayudantes!

—¿Cómo las dos? —preguntó Agapito, extrañadísimo.

—¿Que las ha conseguido? —preguntó Amelia.

—Claro. El alijo lo recogieron tranquilamente mis dos brazos derechos al llegar al cruce con retraso, cuando allí ya no quedaba nadie. El cucurucho que le dio a usted la pipera no era más que una muestra. Mis ayudantes, una vez entregados los documentos y recibido el cucurucho para estar seguros de que se hallaban ante el enlace de la mafia china, tenían que haber hecho lo siguiente: la rubia piloto que ustedes conocen cogería un taxi ya preparado y se llevaría el canasto de la pipera con todo su contenido, mientras él se pondría al volante de la furgoneta, que ocultaba una partida de cierta materia prima purísima, disimulada tras unas cuantas filas de jaulas de pollos.

—¡Atiza! ¡Era eso! —exclamó Agapito.

—Tal como fueron las cosas, mi ayudante tuvo que contratar una grúa para sacar la furgoneta de la boca del metro y remolcarla hasta un lugar discreto de las afueras.

—Bien, la droga es una de las dos cosas —dijo Amelia—; pero... y... ¿y... la otra?

—Sí, y la otra.... ¿qué? —balbuceó Agapito.

El jeque se echó a reir:

—Conseguir la otra me ha resultado mucho más cómodo, ya que ustedes han hecho la heroicidad de jugarse la vida por el brillante y hasta han tenido el detalle de traérmelo a domicilio.

Miró de frente a Agapito y le dijo con su voz más suave:

—El brillante lo tiene usted, envuelto en un pañuelo a cuadros verdes y grises, y por cierto bastante sucio, en el bolsillo derecho de su pantalón.

Agapito reprimió el gesto instintivo de llevarse la mano allí, pues no quería reconocerlo hasta que no tuviera más remedio.

—Lo comprobó mi rubia ayudante mientras ustedes dormían profundísimamente en mi avioneta, gracias a unos polvitos que el cocinero de mi hotel había puesto en el tocinillo de cielo de la cena a la que tuve el placer de invitarlos.

Agapito echó mano al bolsillo, pues parecía obvio que la rubia le había quitado el brillante. ¡Pero allí seguía! Miró, completamente desorientado, a su desconcertante interlocutor, y el jeque se le colgó amistosamente del brazo, diciéndole:

—Oh, no, mi querido amigo, no tenga tan mal concepto de mí. No soy un vulgar ratero. ¿Como iba yo a hacer una cosa así, teniendo tan grandes planes para usted y admirándole tanto? Mi rubia ayudante no hizo más que cerciorarse. Y puedo asegurarles que el diamante me lo van a dar ustedes, voluntariamente y hasta con agrado, en cuanto vean lo que les voy a enseñar ahora mismo.

Y les sonreía beatíficamente. Luego señaló aquí y allá con sus bracitos abiertos, proponiéndoles un nuevo juego de los que tanto le divertían:

—A ver, ustedes que son tan listos e ingeniosos: si tuviesen que buscar mi tesoro escondido, ¿dónde lo buscarían?

Agapito y Amelia, medio mareados por los bandazos que aquel hombre impredecible hacía dar continuamente a su imaginación, su curiosidad y sus emociones, trataron de amoldarse al nuevo juego y empezaron a decir:

—En la tienda de campaña —supuso Agapito, que de imaginación no andaba muy allá.

—Demasiado fácil.

—Bajo aquella roca —especuló entonces.

—Más difícil que eso.

—Bajo la arena —probó Agapito de nuevo.

—Frío, frío.

—Dentro de los dátiles de las palmeras podría haber muchas piedras preciosas —sugirió Amelia, más imaginativa.

—Bonita idea —elogió el jeque—. Prometo tomarla en consideración. Pero el escondite no es ése.

—En las barrigas de los peces — siguió Amelia.

—Señorita, usted no tiene precio. ¡Qué pareja! Ustedes sí que son dos joyas. Esa idea quizás me vendrá bien en alguna ocasión. Pero no, por ahora no les he hecho tragar nada raro.

—Pues nos rendimos —dijeron nuestros amigos al cabo de un rato de pensar inútilmente.

El jeque se frotó las manitas, muy satisfecho, y les condujo hacia las casetas de baño, proponiéndoles:

—¿No les apetece un baño en las cristalinas aguas de mi lago? Pónganse los trajes que hay ahí dentro. Usted en esta caseta, señorita. Y usted, aquí.

Nuestros amigos supusieron que su anfitrión iba a someterlos a algún nuevo juego; pero pensaron que un chapuzón les despejaría la cabeza y les sentaría bien. Al entrar en sus respectivas casetas exclamaron al unísono:

—¡Pero si es un traje de hombre-rana!

Se oyó la alegre voz del jeque:

—Pónganselos. No los tengo exactamente de sus tallas, pero...

Minutos después, la estrafalaria comitiva caminaba hacia la orilla. Abría paso un enano jorobado revestido de goma negra y con su rostro oculto tras unas gafas de bucear. Le seguía una mujer-rana curvilínea que caminaba con garbo, enfundada en un traje ajustadísimo. Y completaba el trío un hombre-rana cuyo traje le colgaba fofamente por todas partes. Los tres caminaban como patos a causa de las aletas.

Nadaron hasta el centro del lago y el jeque les indicó que buceasen. Se dirigió a una roca del fondo, apretó una concha adherida a su superficie y la roca giró lateralmente, descubriendo una escotilla por la que el jeque se metió enseguida, invitando a sus estupefactos invitados a seguirle.

Se encontraron en el interior de un ascensor transparente, lleno de agua; pero que se empezó a vaciar tras pulsar el jeque un botón. Una vez vacío, comenzó el descenso por un pozo perforado en la roca y, aparecieron en una inmensa cueva con estalactitas que albergaba el más fantástico museo subterráneo. A nuestros amigos no les quedaban ya exclamaciones de asombro, y lanzaron un expresivo silbido los dos a la vez. No era para menos.

El último tramo del descenso transcurría entre cuatro barras verticales de acero situadas en el centro de la grandiosa sala. Mientras bajaban iban viendo las múltiples riquezas y obras de arte que contenía aquel museo inaudito. Había estatuas griegas, tallas románicas españolas, retablos italianos, cuadros flamencos, libros miniados medievales, exquisitas muestras de orfebrería asiática, ídolos africanos, tótems de las islas del Pacífico, porcelanas chinas, máscaras de oro precolombinas... ¡y hasta algunos cuadros famosos desaparecidos hacía años!

Lo único que les decepcionó fue lo que vieron en el lugar de honor:

—Mira, una copia de la Venus del espejo, de Velázquez —dijo Amelia, pasando de largo.

El jeque sonrió, diciendo:

—Si me permiten una pequeña precisión les diré que la copia es la que tantísimos turistas contemplan en Londres. El original es éste. Hice dar el cambiazo hace tantos años que reconozco que aquélla va adquiriendo ya la pátina del tiempo y no queda mal del todo. ¡Pero miren ésta! ¡No tienen ni comparación! Pero vengan, vengan, que allí está lo que quiero enseñarles.

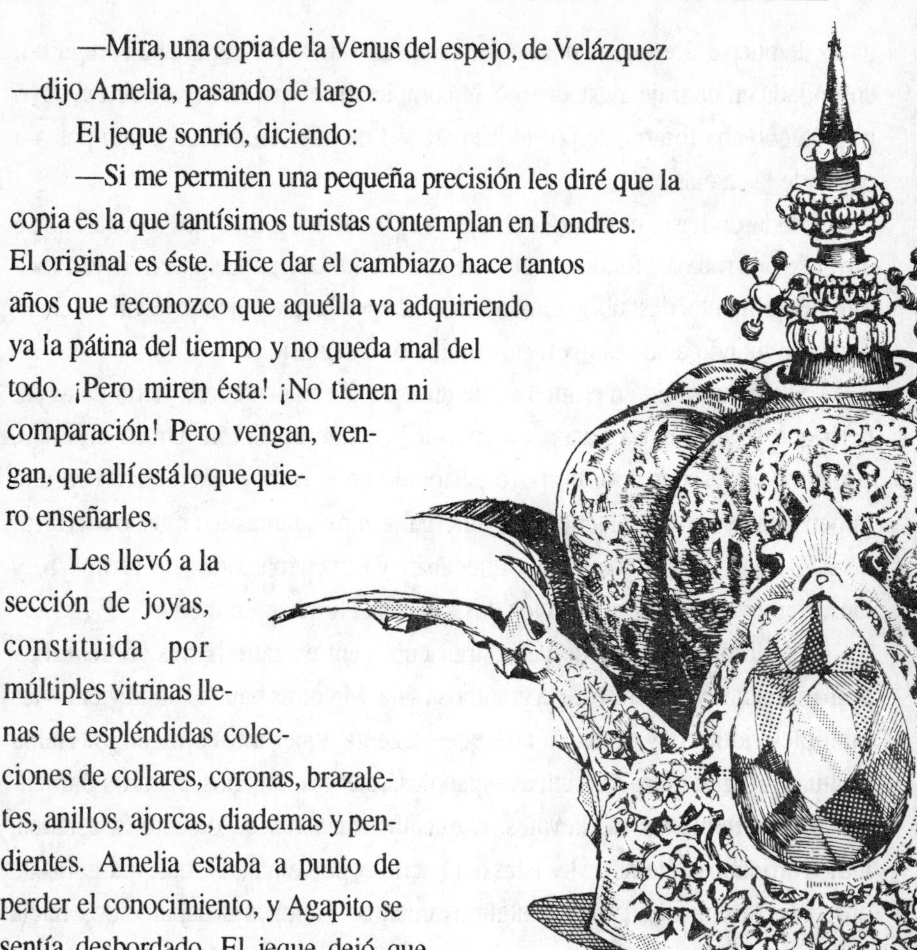

Les llevó a la sección de joyas, constituida por múltiples vitrinas llenas de espléndidas colecciones de collares, coronas, brazaletes, anillos, ajorcas, diademas y pendientes. Amelia estaba a punto de perder el conocimiento, y Agapito se sentía desbordado. El jeque dejó que vagasen un buen rato, curioseándolo todo, y luego se detuvo con ellos ante una vitrina que contenía una única pieza. Era una corona de diamantes de una gran belleza, que eclipsaba a todas las demás piezas del museo.

—Usted es malagueña, según mis informes. ¿No es así? —le preguntó a Amelia.

Ésta, cogida por sorpresa por tan inesperada pregunta, y asustada al ver hasta qué punto se había informado sobre ellos, balbuceó, asintiendo.

—Pues esta maravilla, mi joya predilecta, la pieza más valiosa y deslumbrante de toda mi colección, perteneció a una paisana suya que se casó con el maharajá de Kapurtala.

—Ah, sí —recordó Amelia—, mi madre me contó la historia de una tal Paquita o Juanita...

—Anita Delgado —informó el jeque—. El maharajá la conoció cuando fue a España para asistir a la coronación de Alfonso XIII. Ella bailaba y cantaba en un teatro de variedades de Madrid. En la fastuosa boda del príncipe indio y la bailarina andaluza, a la cual estuvo invitado mi abuelo, el maharajá ciñó la frente de su esposa con esta corona inigualable. Ella la guardó siempre, hasta su muerte hará unos cincuenta años, y desde entonces ha pasado por varias manos, hasta llegar a las mías. Pero está incompleta. Como ven, en su centro falta un brillante cuyo enorme tamaño puede deducirse por el de la pieza de oro donde se hallaba engarzado.

Amelia y Agapito se miraron. Él metió la mano en el bolsillo y consideró el bulto que hacía el brillante. Era de los pocos que podrían encajar en aquel hueco que parecía sentirse muy solo sin él desde hacía tanto tiempo.

—¿Lo ven? ¿Ven ahora la falta que me hace? ¡Llevo treinta años esperándolo! En cambio, usted, mi querido amigo, ni sabía que existiera, y jamás ha ambicionado tenerlo. Y ni siquiera podría, aunque ahora se hubiese despertado su codicia, pues toda la policía anda tras él y se lo requisarían inmediatamente, encarcelándole además por creerle autor del robo. Aunque, gracias a su suerte envidiable, consiguiera quedárselo, ¿qué haría con él? No podría venderlo, y no lo saborearía ni mucho menos como yo.

Agapito estaba lleno de dudas y no sabía qué hacer.

—¿Nos permite que hablemos un momento a solas? —pidió.

—Naturalmente, amigos —repuso el jeque, alejándose de ellos discretamente.

—¿Qué hacemos? —le preguntó a Amelia— Evidentemente, estamos en sus manos. Puede hacer con nosotros lo que quiera.

—Sí. Puede dejarnos aquí encerrados para siempre o, más fácil todavía, hacernos matar. Habrá que dárselo.

—¡Pero nosotros queríamos devolvérselo a su dueño!

—Sí, pero como tú dijiste: ¿quién diablos será su dueño? ¿No será otro ladrón peor que éste? Me da vértigo este mundo al que nunca nos habíamos asomado, afortunadamente. No lo encontraremos nunca. ¿Cómo le vamos a seguir la pista?

—La única pista serían los narcotraficantes sudamericanos que lo robaron para dárselo al jeque —constató Agapito—. ¿Y cómo vamos a seguirla?

—Y aun en el caso improbable de que encontremos al anterior dueño, ¿podremos confiar en él? ¿No lo habrá robado también, a su vez? ¡Qué gente! Yo no me sé desenvolver entre este tipo de gente, por simpáticos que sean, como éste.

El aludido, que había estado reflexionando, se les acercó, pues había dado con un argumento definitivo:

—Amigos, ustedes no querrán quedarse con el producto de un robo, pues son personas honradas. Yo no lo soy, y puedo hacerlo. Estoy impacientísimo por hacerlo. Y tampoco se lo darían a su anterior dueño, que es un padrino de la mafia mucho peor que yo. Les diré lo que he planeado: ustedes me lo dan y yo no les pagaré nada, puesto que si lo hiciera ustedes cobrarían por entregarlo a alguien que no es su dueño, y ustedes nunca harían eso. Yo sé que a los idealistas les gusta tener estímulos espirituales y motivaciones desinteresadas. ¿Por qué no voy a darles ese gusto? Les ofrezco una importantísima recompensa espiritual.

—¿Espiritual? —preguntó Amelia.

—¿Qué quiere decir? —dijo Agapito.

—La satisfacción de contribuir decisivamente a la desaparición de las cinco mayores bandas de narcotraficantes del mundo.

Agapito lanzó un silbido mientras su amiga repetía:

—¿Cinco?

—Sí —dijo el jeque, alzando cinco dedos—: las dos con las que trabaron conocimiento ustedes ayer, otras dos sobre las que tengo un plan que enseguida les contaré, y la mía propia.

—¡La suya! —exclamó Amelia.

—¿También la suya? —interrogó Agapito.

—Sí, la mía. Porque yo sólo me metí en esos negocios para lograr el dinero necesario para construir todo esto y hacer mías todas estas maravillas. Ahora ya las tengo. Solamente me faltaban dos piezas para terminar mi colección. Usted me va a dar ahora una, y espero que ambos me ayuden a obtener la otra. Desde ese instante, les juro que abandonaré ese sucio negocio. Habrán dado ustedes un tremendo golpe a una de las mayores lacras de nuestro tiempo. ¿No sería eso el sueño dorado de cualquier persona de bien? ¿Podría ofrecerles una compensación mejor?

La pareja ya no dudó más. Cruzaron una rápida mirada y él le entregó el brillante al jeque, que lo recogió en la palma de una mano que temblaba.

—Tómelo —dijo Agapito.

El jeque abrió la vitrina, y los seis ojos vieron cómo la piedra preciosa volvía a su anhelante nicho, y la corona resplandecía en toda su plenitud.

—Como el día de la boda del maharajá y la bailarina... —susurró el jeque, mirándola embelesado.

De repente, siguiendo uno de sus desconcertantes y súbitos impulsos, la alzó en sus manos cuanto pudo, empinándose, y coronó con ella a la atónita Amelia.

Agapito la miró intensamente y se oyó a sí mismo el primer piropo de su vida:

—¡Amelia, estás guapísima!

En aquel momento supo que estaba definitivamente enamorado. ¡Aquello no tenía remedio!

Ella estaba toda colorada y los ojos le brillaban mientras miraba su imagen en el cristal de la vitrina. Pero ya el jeque le pedía la corona con un gesto, explicando mientras la depositaba en su sitio y cerraba con llave:

—A estas cosas no conviene cogerles el gusto.

Y cambió de tema otra vez, en uno de sus característicos virajes:

—¿Quieren ver la otra pieza que me falta? ¡La última! Síganme. A partir de ahora, comenzamos a trabajar juntos. Tengo un plan para acabar con las bandas de Nueva York y Chicago, plan que llevo acariciando largo tiempo. ¡Y ahora que cuento con su ayuda puede hacerse realidad! Y además, ¡al fin!, vendrá a mis manos el último objeto que deseo. Miren.

Abrió una puerta rematada por un arco de estilo árabe.

Nuestros amigos creían que ya no se podían asombrar de nada.

Pero resultó que sí. ❖

# 10. La perla

❖ AL ENTRAR EN LA nueva sala, que era lo más sorprendente de cuanto llevaban visto, Agapito se quedó fascinado; pero no supo decir más que lo que hubiera dicho cualquier otro:

—Parece de las Mil y Una Noches...

La reacción de Amelia fue muy extraña. Se quedó petrificada y lo recorrió todo con la vista con gran recogimiento y como intrigada por algo. Se pasó una mano por la frente y musitó:

—Pero esto... Esto es... Yo he visto o imaginado algo parecido. No, no lo he visto en realidad... ¿Habrá sido en sueños? Qué sensación más extraña... Es como si hubiese estado aquí alguna vez; pero no acabo de reconocerlo...

Estaba desconcertada. Lo miraba todo, embelesada, y rebuscaba en su memoria.

—¡Ya lo tengo! —exclamó—. ¡Es que lo he visto, pero no en sueños, sino en ruinas! Es el salón del trono del palacio de Medina Azahara, esas ruinas tan bonitas que hay en Córdoba.

El jeque le dio un apretón de manos, complacidísimo:

—Señorita, es usted un hallazgo. ¡Cuánto me alegro de haberla conocido! De las poquísimas personas que han visto esto, todas ellas muy selectas, ninguna había averiguado hasta ahora la esencia y el misterio de esta sala, que es mi mayor obsesión.

Y la miraba desde su pequeña altura, muy contento.

—Es lo que usted ha dicho: una cuidadosísima reconstrucción hecha por mí del salón del trono de Abderramán III en Medina Azahara, que debió ser el más bello palacio árabe de la Historia. ¡Lástima que haya llegado a nosotros destrozado! Por eso, desde que lo visité siendo niño, uno de mis mayores sueños ha consistido en dar vida de nuevo a este salón. He cuidado hasta los más mínimos detalles, estudiando montones de documentos.

Era un recinto de una armonía y una gracia imposibles de describir, con una cúpula de azulejos dorados cubriéndolo todo, y con una preciosa fuente árabe en medio, a mitad de camino entre la entrada y el trono de Abderramán. Agapito y Amelia, cogidos de la mano, se comían con los ojos cada detalle ornamental, extasiados, silenciosos. Hasta que ella dijo, en un susurro:

—¿Y para qué será ese hilo que cuelga desde el centro de la cúpula hasta encima de la fuente?

El jeque removió la superficie líquida con las puntas de los dedos y todas las luces de la sala se pusieron a temblar.

—¡Mercurio! ¡Es mercurio! —se sorprendió Agapito.

—Mira, mira cómo espejean los azulejos —dijo Amelia mirando la cúpula.

Su anfitrión se emocionó al ver su encandilamiento:

—Pues esto no es nada comparado con lo que ocurría en el auténtico salón de Abderramán. De ese hilo pendía la perla más grande y más hermosa de que queda constancia en la memoria escrita de los hombres. Los poderosos de la Tierra iban allí para verla. Cuando Abderramán recibía a los reyes cristianos o a los emires y califas venidos de lejos, removía el mercurio como yo he hecho.

Su excitación iba en aumento y hablaba cada vez más deprisa:

—Y la disposición de los rayos de sol que penetraban por los ajimeces situados estratégicamente, de los azulejos dorados de la cúpula perfectamente diseñada con ese fin, de la fuente con el mercurio y de la perla colgada en un punto exacto del espacio estaba tan exquisitamente combinada que el juego de luces resultante era de una finura extraordinaria. Ríanse ustedes de los estúpidos y chabacanos juegos de luces de las discotecas de hoy... Los testimonios de los reyes visitantes, que conservo en mi biblioteca, me hicieron codiciar esa perla única.

Les miraba con ojos enfebrecidos al decirlo:

—No he dormido muchas noches pensando en ella. Ha sido el sueño de mi adolescencia y el insomnio de mi madurez. La he deseado como ningun hombre ha deseado a una mujer. He pasado muchas horas en bibliotecas de todo el mundo, investigando. He recorrido muchos caminos buscándola. He mantenido alerta a toda una legión de espías, joyeros, anticuarios, arqueólogos y ladrones, con orden de conseguírmela a cualquier precio. Y...

Respiró hondo y caminó con sus torpes pasitos hasta el trono, al que se encaramó dificultosamente. Agapito hizo ademán de ir a ayudarle, pero ella le detuvo. Desde donde le veían allí sentado, con los pies colgando a cierta distancia del suelo, sus manos posadas majestuosamente sobre los brazos del trono y su cabeza a la altura en que habría estado el pecho del califa cordobés, resultaba grotesco y enternecedor al mismo tiempo.

—Precisamente anoche —dijo en voz baja— me han dado una pista. Tras treinta años de búsqueda infructuosa, una esperanza. Cuando la tenga colgada del hilo ya no desearé nada más —siguió, como hablando consigo mismo—. Pasaré el resto de mi vida paseando por mi solitario palacio escondido y recreándome en la contemplación de mis tesoros. Sobre todo, de la perla y el brillante.

Se quedó ensimismado largo rato. Luego alzó la vista. Pareció volver a la realidad y continuó en voz más alta:

—Y ambos los habré conseguido con ayuda de ustedes. Porque, gracias a ustedes, todavía tengo algo muy valioso que ofrecer: los documentos. Ellos me han valido ya el brillante. Voy a ofrecerlos a la banda de Chicago para que, a cambio, me consiga la perla. Pero esto requerirá unos cuantos días de preparativos y gestiones. Entre tanto, serán mis invitados. Espero que descansen y se relajen, preparándose para la gran cita de Nueva York.

Nuestros amigos se miraron, entre alarmados y exaltados. Pero el pequeño Abderramán seguía disponiendo las cosas desde su trono, y su voz no admitía réplica:

—Para empezar, les invito a que pasen este fin de semana en Roma. Irán al mejor hotel. Todo corre de mi cuenta.

—Huy, qué bien —se alegró Amelia—. ¡Tengo unas ganas locas de ir a Roma! ¡Gracias, gracias!

—La Ciudad Eterna... —musitó Agapito, que como venimos viendo estaba especializado en tópicos.

—Y no dejen de asistir a la misa de doce del domingo en San Pedro —les ordenó el jeque, haciendo oscilar su dedo índice en el aire, a modo de advertencia—. ¡Y en primera fila!

Nuestros amigos se quedaron extrañadísimos al ver lo exigente que era el jeque en cuanto al cumplimiento dominical de una religión que le era completamente ajena; pero el domingo, tras pasar todo el sábado haciendo turismo por la magnífica ciudad, estaban allí en primera fila, como clavos.

Todo iba transcurriendo con normalidad cuando Amelia le dio un pisotón a Agapito y le señaló al hombre de la gabardina, semioculto entre unas columnas próximas al altar. El corazón les dio un vuelco.

—¡Adiós! —se lamentó Agapito—. Cuando éste anda por aquí es que va a pasar algo...

Pero Bogart, viéndoles inquietos, pensó en la manera de acercarse a ellos sin despertar la extrañeza de nadie. Hombre de recursos, se acercó a las gradas, cogió una cestita petitoria que allí había, y empezó a pasarla entre los fieles en demanda de unas monedas. Al pasar ante nuestros amigos, y mientras Amelia rebuscaba en su bolsillo, les susurró:

—Tranquilos, pollos. Pase lo que pase, estando yo aquí no tenéis nada que temer. No os extrañe nada ni temáis nada.

Pero sus frases tranquilizadoras se vieron inmediatamente desmentidas. Cuando él se alejó, salió de la sacristía un fraile con su capuchón echado sobre los ojos, avanzando a grandes pasos en dirección a la pareja. Al pasar bajo un púlpito de mármol, el capuchón se enganchó en una voluta y su rostro quedó al descubierto.

—¡El recepcionista! —se asombró Agapito.

Al verse descubierto, el hombre que tan amablemente les había atendido en el cortijo-hotel les apuntó con un revólver que sacó de su amplia manga. Ellos dos corrieron, instintivamente, hacia el altar, único sitio tras el que podrían refugiarse; pero fue inútil. Las exclamaciones de extrañeza y miedo de cuantos veían la insólita escena sonaron al mismo tiempo que los disparos, y los cuerpos de nuestros dos héroes cayeron al pie del altar.

Se armó un revuelo enorme. El falso franciscano salió huyendo. La gente se arremolinó alrededor de los caídos. Todo el mundo gritaba. Varias personas se acercaron a los cadáveres y dispararon fotos con flash. Y Humphrey Bogart, que llegaba dando grandes zancadas, pidió ayuda a otras tres personas para sacar los cuerpos a la calle, los metió a empujones en el primer coche que pilló a mano, sacó al conductor de un tirón, se puso al volante y arrancó a toda velocidad, gritando a cuantos le escuchaban:

—¡Yo llevar a hospital volando! ¡Intentando salvarlos! ¡No estar tiempo que perder!

Cuando nuestros héroes se despertaron, una vez pasado el efecto de la droga que les inyectaron las balas de fogueo, volaban ya de nuevo hacia el desierto. Sus fotografías como víctimas de aquel atentado inexplicable ocurrido en San Pedro durante la misa mayor aparecieron en muchísimos periódicos del mundo entero.

El jeque disfrutaba de lo lindo comentando el éxito de su plan, mientras degustaba con sus invitados un cus-cus que estaba delicioso, un pollo con pasas, ciruelas y piñones jugosísimo, y un carnero guisado a la usanza árabe que estaba para chuparse los dedos (cosa que Agapito hacía con gran aplicación).

—¡Qué éxito! ¡Qué éxito! Tengo que reconocer que desde que colaboran ustedes conmigo todos mis planes me salen redondos. ¡Mis colaboradores habituales son unos torpes! Y con ustedes, que me están ayudando tanto, lo menos que podía yo hacer es lo que he hecho: librarles del miedo y de las persecuciones. Ahora los pocos supervivientes que puedan quedar de ambas bandas les dan por muertos, y lógicamente abandonarán su persecución.

—Sí, pero nosotros nos hemos llevado un susto de muerte —protestó Amelia, devorando un muslo de pollo—. Y como salgan esas fotos en la prensa española y las vea mi madre, le da algo. ¡Es que le da algo! Y a los de la oficina también.

—Y además, el boletín oficial lo tenemos totalmente abandonado desde hace días... —añadió Agapito a la lista de tragedias.

—Señorita: sus deseos son órdenes. El tronco de aquella palmera es una cabina telefónica. Tranquilice usted a su madre; pero dígale que guarde el secreto o la matarán a usted de verdad. A la oficina no llame. No conviene que se corra la voz de que los de esas fotos no están muertos. Total, en cuanto despachemos el asuntillo de Nueva York se llevarán todos una gratísima sorpresa al verles regresar sanos y salvos.

—¡Viva, viva! —se alegró Amelia dirigiéndose danzarinamente hacia la palmera, mientras Agapito la emprendía con el carnero a la par que preguntaba:

—A lo de Nueva York, entonces, tendremos que ir disfrazados, ¿no?

—Claro, claro. Acudirán ustedes a la magna cita vestidos de turistas árabes.

—Ah, muy bien. Para los españoles, los países árabes son países hermanos —soltó Agapito su tópico número...

Antes de que terminaran los postres, relamiéndose concienzudamente, el jeque se puso en pie y les dijo:

—Sigan sin prisas. Tienen ustedes unos días por delante. ¡A disfrutar de la vida! Mi palacio, mi oasis, mi biblioteca, mi museo, están a su disposición. Yo no podré acompañarlos, pues he de trabajar duro. Tengo que dedicarme afanosamente a tejer los hilos de mi tela de araña, para que todo salga a las mil maravillas en la cita en Nueva York.

❖

Llegados a esta altura de mi relato, hago una pausa, porque tú, lector, quizás te hayas preguntado más de una vez:

—¿Y cómo es que Juan Humphrey nos cuenta las aventuras de Agapito así, con tanta viveza y tanto detalle, como si lo hubiera estado viendo todo? ¿Es que estaba allí, junto a ellos, en cada momento? ¿Acaso ha sido testigo presencial de los hechos?

Te voy a contestar.

No, no he sido testigo presencial de esos hechos.

Pero los he visto. Los he tenido ante mis ojos como tú tienes en estos momentos estas páginas escritas por mí.

La explicación de esa aparente paradoja ha sido la mayor sorpresa de toda mi vida (y de toda mi muerte también).

Porque yo lo he visto todo, sí; pero no allí, no en aquel cruce de Madrid, no en la Casa de Campo, ni en un cortijo andaluz, ni en el desierto, sino de una forma mucho más inesperada y misteriosa.

Uno de aquellos días, mientras Bogart estaba de guardia en la Tierra y nosotros ardíamos de impaciencia por tener noticias suyas, los tres cineastas me pidieron que bajase al sótano de la videoteca celestial para traerles una película sobre tráfico de drogas que querían ver. La busqué, la encontré, y cuando ya volvía reparé en una puertecilla medio escondida entre dos estanterías llenas de cintas de video, en el más oscuro recodo de aquella cuadrícula de largos pasillos. Nunca la había visto. Ostentaba un cartel de PROHIBIDO EL PASO en tres idiomas y —tal como comprobé al intentar abrirla— estaba cerrada con llave.

Los carteles de prohibición del paso siempre me han resultado irresistibles.

Mientras subía la película me iba preguntando:

—¿Qué sección de la filmoteca puede estar tan misteriosamente clausurada? ¿Y por qué? ¿Se tratará de películas prohibidas o censuradas?

Me moría de curiosidad y decidí aclarar aquel enigma.

La suerte estuvo de mi parte. Al pasar por la portería vi que San Pedro dormía apaciblemente la siesta, apoltronado en su sillón, y vi el cielo abierto. Entregué la película a los tres genios, volví sobre mis pasos y, caminando a paso de lobo, me acerqué de puntillas al venerable portero celestial, canturreando a media voz una nana para que no se fuese a despertar en el momento más inoportuno. ❖

# 11. Las llaves del Reino

❖ Y ROBÉ las llaves del Reino.

Sí, lo confieso avergonzado. Pero fue sólo por un rato. Bajé impaciente las escaleras. Atravesé la videoteca preguntándome si la llave deseada estaría en aquel inmenso llavero, y me planté ante la puerta. Probé una llave y otra y otra.

—Ésta no. Ésta tampoco. Ésta tampoco...

Me sorprendí a mí mismo bailoteando, impaciente, mientras las probaba. Estaba hecho un puro nervio. Treinta llaves, cuarenta llaves, ¿qué sé yo cuántas? Seguí probándolas y mirando hacia atrás, asustado, temiendo que me sorprendieran.

¡Hasta que, al fin, una giró en la cerradura!

La puerta giró sobre sus goznes. Tanteé con mi mano izquierda y encendí la luz. Aquello era inmenso. ¡Otra videoteca muchísimo mayor que la primera! No podía explorarla en un minuto, y San Pedro iba a despertarse de un momento a otro. Comprobé que la puerta se podía cerrar desde fuera dando un tirón, sin necesidad de la llave. Dejé la hoja ligeramente abierta, puse mis zapatos en la abertura para que no se cerrase, y subí corriendo para dejar el manojo donde estaba antes.

Bajé de nuevo, atravesé la puerta, y empecé a recorrer una inmensa y tupida red de pasillos interminables que se entrecruzaban con pasillos interminables, cuyas paredes laterales no eran sino filas y más filas de cintas de video con su rotulito cada cual. Primero andaba a paso normal, luego a zancadas, y al minuto corría como loco. Galopaba de un lado a otro, haciendo zigzags, aturrullado, nerviosísimo, como queriendo hacerme cargo de las dimensiones de aquel sótano inacabable. Y mi vista no alcanzaba al final de los pasillos.

—¿Qué es esto? ¿Nada más que películas y películas? ¿No hay bastantes fuera? Si yo creo que fuera están ya todas.. Alguna diferencia tiene que haber...

Sólo entonces —¡torpe de mí— miré los títulos. Pero ¿cómo iba yo a suponer que...? Parecía evidente que en una videoteca me habría de encontrar —como en la de fuera— títulos y más títulos como *La guerra de las galaxias*, *Casablanca, Tiburón, 2001 Odisea del espacio, Lo que el viento se llevó* o tantos otros... Nunca hubiera podido imaginar que, en lugar de eso...

Me paré en seco, boquiabierto.

Porque los primeros rótulos que leí, salpicados al azar por aquella estantería ante la que me había detenido, decían:

Jean-Paul Courier Laforgue 1731-1786

Marcelina Covarrubias y Orozco 1539-1613

Marco Licinio Craso 114-53 a. C.

No pude seguir leyendo. Se me nubló la vista. Me sentía un poco mareado. Una especie de vértigo infinito se precipitaba hacia mí, como tocando una sirena muy lejana que me hacía zumbar los oídos. Me sujeté con ambas manos a la estantería y apreté mi frente contra el frío metal. Sólo tras varias inspiraciones profundas me atreví a decir para mis adentros:

—¡Aquí están las vidas de los hombres!

Respiré hondo varias veces más y di unos pasos. Doblé una esquina y corrí por otro pasillo, aminorando la marcha de trecho en trecho para leer algunos rótulos salpicados a lo largo de aquel "travelling" vertiginoso:

Friedrich Münchaussen Plumpe 1888-1931

Mihály Munkácsy Zilahy 1288-1337

Petronila Muñoz de los Santos 881-936

Con el corazón corriendo mucho más que mis pies, seguí, seguí, y vi desfilar ante mis ojos interminables alineaciones de vidas humanas. ¡Qué poca cosa parecía cada una, reducida a aquel brevísimo rotulito con los secos datos del nombre y las dos fechas! Y, sin embargo —pensé mientras me detenía, jadeando— qué palpitante, trémula, a la vez espléndida y doliente carga de alegrías y tristezas, amores y odios, risas y estremecimientos, emociones y acción, sentimientos y dudas, atesoraba cada vida...

Pero hasta entonces sólo había visto vidas terminadas. Las vidas de los ya muertos. Pero, de pronto, recibí un fogonazo en los ojos al leer un rótulo inesperado:

Geraldine Williams Carpenter 1958-2031

¡Allí estaban también las vidas de los que aún poblaban la Tierra! Por poco me dio un infarto al comprobarlo. Pero entonces... Tuve que hacer, de nuevo, unas cuantas inspiraciones profundas para vencer al vértigo. Jamás mortal alguno había visto lo que yo estaba viendo.

Me recuperé un poco y caminé de aquí para allá, buscando, pues algo picaba mi curiosidad. Busqué en el orden alfabético durante un buen rato y al final encontré mi video-cassette. Lo tomé en las manos, emocionado: ¡allí estaba mi vida! ¡Qué pequeña! ¡Qué cosa más frágil y minúscula! Cabía en la palma de mi mano...

Iba a salir corriendo para verla en pantalla cuando lo pensé mejor: en aquel momento había otra cinta que me interesaba aún más que la mía. Al fin y al cabo, mi vida la conocía al dedillo; pero con la de Agapito estaba intrigadísimo. Corrí, y ¡allí estaba! Y la fecha final del rótulo le prometía una larga vida.

Me senté ante el televisor que había en un rincón y me puse a ver aquella cinta cuyas más trepidantes escenas acabo de contaros. Las he narrado en este manuscrito tal como allí las fui viendo, estupendamente rodadas por una cámara que parecía moverse por el espacio con el don de la ubicuidad, y que en cada momento se situaba en el punto desde el que mejor podía captar la acción, las reacciones de los protagonistas, sus sustos, sus carreras, sus emociones, sus ratos de alegría, sus apuros.

Llegué a un momento en que el jeque decía algo así:

—Yo no podré acompañarlos. He de trabajar duro. Tengo que dedicarme a tejer los hilos de mi tela de araña, para que todo salga de perlas en la cita de Nueva York.

Pulsé el "stop". ¡Aquello era demasiado para mí solo! Ardía de impaciencia por compartir aquella enorme sorpresa con los tres cineastas. Y además, durante las últimas escenas, de las que aún no teníamos noticias a través de

Bogart, se me había ido planteando un nuevo enigma que me desbordaba totalmente: ¿cuándo había terminado el rodaje de esta cinta y de todas las demás? ¿Estaban actualizadas al día de hoy? ¿Qué le estaría ocurriendo en estos momentos a Agapito? ¿Esta misma escena? ¿O acaso la acción aquí rodada iba retrasada respecto a la real? ¿Sería Bogart el encargado de ir rodando lo que ocurría, y ésta una última cinta que acababa de enviar?

Daba tantos rodeos porque no me atrevía a preguntarme: ¿acaso está aquí ya la vida entera de Agapito? ¿Incluirían estas películas el futuro de los aún vivientes?

Me asustaba afrontar aquel misterio a solas. Cogí la cinta, subí donde los tres directores, interrumpí la película que estaban viendo y les conté mi descubrimiento tan atropelladamente que no entendieron nada. Metí la cinta que traía, cerré la puerta por dentro, les hice sentarse frente al televisor, rebobiné la cassette hacia atrás, y les mostré todas las escenas ocurridas bajo la arena del desierto.

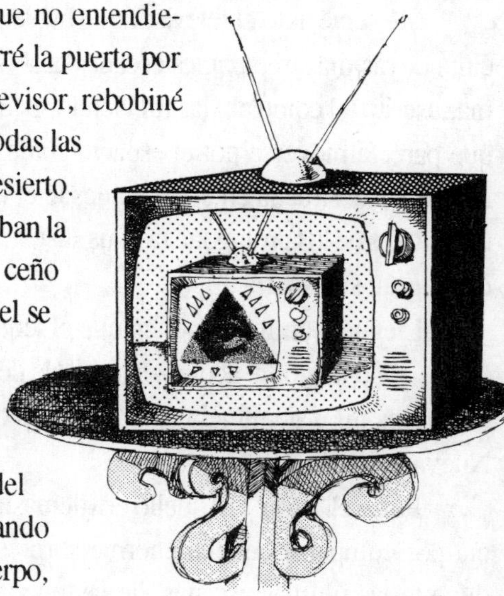

Sus caras eran un poema. Miraban la pequeña pantalla fijamente, con el ceño fruncido, sin comprender aún. Buñuel se había quedado con la boca abierta, miraba con ternura a sus enanos y hacía pantalla con una mano tras la oreja para no perderse una palabra del jeque. Huston se había ido incorporando lentamente, desplegando su largo cuerpo, incapaz de seguir sentado. Y Hitchcock, sin pestañear, y conteniendo la respiración, iba enrojeciendo y parecía al borde de un ataque al corazón.

Llegamos de nuevo al momento en que el jeque decía lo de la tela de araña y esta vez no pulsé el "stop". Vimos cómo, en los días que siguieron, nuestra pareja se dedicó a disfrutar de unas merecidísimas vacaciones, gozando de la plácida vida del oasis y contemplando los múltiples tesoros que tanto enorgullecían a su extraño, contradictorio y sorprendente anfitrión.

Y luego nos quedamos más asombrados aún al contemplar la grandiosa escena de Nueva York.

En cuanto la cámara se abalanzó desde lejos hacia la soberbia vista de Manhattan y planeó sobre sus rascacielos reluciendo al sol, los cuatro nos acercamos a la pantalla, hipnotizados, silenciosos.

Ahora la cámara volaba hacia la estatua de la Libertad, descendía en picado hasta su base, y encuadraba un plano bastante próximo de una pareja de turistas árabes, cargado él con una cámara puesta sobre un trípode, ocultando ella el rostro bajo un velo blanco. Subieron en el ascensor, apretujados entre múltiples turistas de muchas razas y variopintos atavíos, y se asomaron para ver la espléndida vista desde todo lo alto.

La cámara, ahora, se hallaba a cierta distancia de la colosal cabeza, y de pronto se vio cómo el turista árabe alzaba su trípode e iba alargando una de sus patas, que era telescópica, y que semejaba una larga antena en la frente de la Libertad. Se vio llegar un helicóptero que empezó a describir círculos alrededor de la cabeza, como un ave de presa. Se situó en la vertical de la pata del trípode, y de su cabina cayó una ligera escala que se fue desenrollando, y por la que descendió un trapecista digno del mejor circo. Llegó abajo, se estiró para alcanzar con sus manos el tubo metálico que sostenía el turista árabe, e introdujo por su extremo algo que llevaba en la boca.

¡Era la perla! Un primerísimo plano la mostró, rutilante, espléndida, luciendo su lechoso brillo en mitad del cielo de Nueva York.

En cuanto Agapito la recibió por el otro extremo del tubo, él y Amelia la inspeccionaron disimuladamente, y mientras ella se la guardaba en el escote él alargaba otra pata del trípode, en cuyo extremo iba un cilindro metálico que encerraba los documentos. El acróbata se apoderó de él, y cuando aún estaba iniciando la subida se vio venir a toda velocidad otro helicóptero, que lanzó un largo cable desde el que otro equilibrista, balanceándose como Tarzán al extremo de una liana, se arrojó sobre su rival, intentando arrebatarle a viva fuerza el tubo metálico.

En un abrir y cerrar de ojos, dos amenazadoras flotillas de helicópteros acudieron presurosas, empezando a entrecruzar sus disparos, al tiempo que los dos hombres luchaban a muerte a gran altura sobre el suelo. Se oyeron sirenas, y varios helicópteros de la policía acudieron al lugar de la refriega. El ballet de helicópteros, revoloteando como una bandada de inquietantes libélulas alrededor de la cabeza y la antorcha, resultó bellísimo.

Hitchcock lo contemplaba con envidia, Buñuel con una sonrisa divertida, y yo con asombro. Pero Huston no pudo esperar más y se alejó a grandes zancadas mientras nos gritaba:

—¡Voy corriendo a telefonear a Humphrey!

Cuando volvió, la espectacular escena estaba terminando. Agapito y Amelia huían de la Isla de la Libertad en una lancha rápida conducida por Bogart, y los dos enjambres de helicópteros de las bandas de Chicago y Nueva York se habían aniquilado mutuamente, ante la mirada de estupor de los policías.

Estábamos viendo el final de tan espectacular escena cuando Huston nos dijo, jadeante:

—¡Esto es increíble! Bogart dice que, en este mismo momento, el jeque acaba de decirles que él tiene que dedicarse a tejer su tela de araña, para que todo salga a pedir de boca en Nueva York. Y nuestros dos tórtolos están metiéndose dulces en la boca mutuamente. "¿Pero todavía no han salido para Nueva York?", le he preguntado. Y ha dicho: "No, qué va. Aún faltan unos días".

Miramos distraídamente la pantalla, sin poder concentrarnos ya en las siguientes escenas de la feliz vida de Agapito, casado con Amelia, jugando con unos niños muy simpáticos y contándoles sus formidables aventuras, gracias a las cuales el narcotráfico mundial había sufrido tan rudo golpe.

Estábamos desconcertados, confusos, sin saber qué hacer ni qué decir.

Agapito aparecía de nuevo en la oficina, con Amelia en la mesa de al lado, y comentando:

—Todas aquellas aventuras estuvieron muy bien, siempre serán recuerdos estupendos, y contigo al lado resultaron maravillosas. ¡Y además, menudo palo le dimos al tráfico de drogas! Pero donde esté esto de poner comas, que se quite todo lo demás...

Hitchcock apagó el video y caminó hacia la puerta con aire de dignidad ofendida. Los otros le siguieron, Buñuel rascándose la cabeza, Huston destrozando un habano entre los dientes. Yo apagué el televisor, recogí el videocassette y corrí tras ellos.

Sir Alfred iba diciendo:

—¡A esto no hay derecho! ¡Se ha estado riendo de nosotros! Vamos a verle ahora mismo. Nos debe una explicación.

Al llegar donde estaba San Pedro, que se despertó sobresaltado al oírnos entrar en tropel, le preguntó con voz autoritaria:

—¿Dónde está?

—¿El jefe? —preguntó San Pedro, restregándose los ojos y poniéndose en pie de un salto—. Pues... antes de dormirme me parece que me dijo que se iba a echar una partida de ajedrez con Albert, en el Hogar del Jubilado.

Y allí seguía.

Porque Albert Einstein era un adversario muy duro jugando al ajedrez, y las partidas entre ambos solían durar bastante y a menudo acababan en tablas.

Hitchcock me arrebató la cinta de Agapito y la plantó violentamente sobre el tablero, tirando las piezas y desbaratando la partida, al tiempo que se ponía con los brazos en jarras y chillaba:

—¿Se puede saber qué significa esto? ❖

AGAPITO

# 12. ¡Qué bello es vivir!

❖ —PUES CLARO, hombre, evidentemente, está todo rodado, eso ya se sabe... —explicaba el Jefe, tan tranquilo, al cabo de un rato, cuando todos nos hubimos calmado un poco.

—Pero entonces... —balbuceó Huston, que no entendía nada.

—Sí, John. ¿Cómo puede extrañaros esto precisamente a vosotros, que sois del gremio? Todo está rodado, sí, por unas cámaras totalmente ubicuas en el espacio y por unos operadores para los que no existe el tiempo. ¿Qué pamplinas andáis preguntando sobre si esto está rodado antes o después? ¿Antes? ¿Después? ¡Qué palabras más tontas!

Y sacudía la cabeza, decepcionado:

—Ni vosotros, mis mejores amigos, que lleváis aquí ya unos cuantos años, acabáis de comprenderlo. ¡Qué líos os hacéis los hombres con el tiempo!

Mirando afectuosamente al jubilado de la melena blanca y los ojillos relucientes que jugaba contra él, añadió:

—Sólo con Albert puedo charlar sobre esas cosas...

Los cuatro miramos a Einstein, que no se había inmutado con nuestra tumultuosa aparición, ni con el atentado ajedrecístico de Hitchcock, ni con las impertinentes preguntas con que los tres cineastas habían bombardeado al Jefe.

Había puesto la cinta a un lado y, pacientemente, estaba colocando las piezas en el lugar exacto en que se encontraba cada una. Dudó un instante, con un peón en su mano alzada, sin saber dónde ponerlo. Y Hitchcock, que estaba bastante avergonzado, señaló la casilla correcta, diciendo:

—Estaba ahí.

El simpático vejete la levantó, nos miró a todos con una sonrisa traviesa, y reflexionó ante nosotros pausadamente y con un tono de voz muy amable:

—Es curioso: este peón, que lo ve todo desde su diminuto punto de vista, habría sido incapaz de colocarse en su sitio. Incluso yo, que veía las cosas desde un sólo lado del tablero, estaba titubeando. En cambio tú, Alfred, que ves el tablero desde lo alto, tienes una visión total. ¡Todo es tan relativo!

Puso el peón en su sitio y continuó colocando las demás piezas apaciblemente.

El Jefe le puso una mano en el hombro a Hithcock y le miró con admiración:

—Es asombroso, Alfred, que hayas registrado con tu mirada hasta el más mínimo detalle de lo que veías en el momento de caer sobre nosotros como una tromba. ¡Eso sí que es tener una cámara en los ojos! Siguiendo con el símil de Albert, espero que todos estaréis de acuerdo en que tú, Alfred, que ves el tablero desde arriba, no por ello limitas la libertad de ese peón para vivir a su aire ni la de la mano de Albert para guiarlo por el tablero.

—Qué manía de hablar en parábolas... —rezongó Buñuel. Huston, aún muy excitado, dijo:

—Pero volviendo a lo nuestro: ¿entonces nosotros qué hemos estado haciendo? Nos hemos dedicado a transformar la vida de ese peón, de ese pobre hombre. Y todo el mundo puede ver que ha pasado de ser el aburrimiento más grande a convertirse en una vida con unas emociones tremendas, unas intrigas sorprendentes y unos escenarios fantásticos, y además con el descubrimiento del amor y la aventura...

—...y, dicho sea de paso —intercaló Buñuel—, con unas comilonas envidiables...

—¡Pues eso! —clamó el Jefe—. ¿Es que no os dais cuenta todavía? Vosotros habéis sido la mano del jugador, y habéis sabido mover muy bien las piezas. ¿Qué os importa si alguien lo estaba viendo desde arriba? ¿Es que no habéis sido completamente libres? ¿No habéis hecho lo que os ha dado la gana?

Todos le escuchaban, reflexionando intensamente.

—Además, habéis colocado a ese modesto e insignificante peón en la casilla adecuada precisamente en el momento oportuno, transformando completamente su vida rutinaria. ¡Gracias a vosotros la película de Agapito es así de buena! Si no hubieseis intervenido, habría sido tan aburrida como la que rodó Pedro Almodóvar.

—Sí que es verdad —intervine yo, sin poder contenerme, mirándoles a los tres como el más encandilado y entusiástico de los hinchas—. Menudo pestiño era... ¡Y, en cambio, ésta es magnífica! ¡Me ha encantado! Quién estuviera en el lugar de Agapito...

Y recogí la cinta de video, cubriéndola teatralmente de besos. Todos rieron al ver mi entusiasmo. Hitchcock, sonriéndome, me pidió la cinta, la puso en alto y comentó:

—Sí, yo reconozco que es una película estupenda, y que al ver algunas escenas me ha dado rabia no haberlas metido yo en algunos de mis filmes. Esa de la estatua de la libertad la habría hecho yo mucho mejor...

—Bueno, pero entonces ¿qué hacemos? — gruñó Buñuel—. Porque lo de Agapito era solo una prueba, ¿no?

—¡Y ha salido la mar de bien! —se alegró Huston.

—Ha sido un éxito rotundo —terció Sir Alfred.

—¡Pues adelante! —les animó el Jefe—. Yo he dejado las cosas a medias para que los hombres os ocupéis de redondearlas. ¡Ánimo! ¡Hay muchos hombres y mujeres esperando que embellezcáis sus vidas! ¡¡¡En marcha!!!

Los tres directores se miraron, ilusionados de nuevo, y gritando todos a la vez:

—¡Manos a la obra, muchachos! —chilló Buñuel.

—¡Atención, se rueda! —declamó ampulosamente Hitchcock.

—¡Vamos a enriquecer las vidas de los hombres! —bramó Huston—. Juan Humphrey, corre a la sala de ordenadores y tráenos otras tres fichas, que cada uno vamos a hacer una obra maestra con la vida de alguien.

Y en aquel momento, de una manera tan inesperada y súbita que yo mismo me quedé sorprendido, yo, el recién llegado, el don nadie, que hasta aquel momento me había mantenido siempre en mi discreto papel de chico de los recados, me transformé por completo y, ante el estupor de los tres genios, tomé el mando:

—¿Cómo tres fichas? —les increpé, plantándome ante ellos, enardecido—. ¡Ni hablar! Hay millones de hombres y mujeres esperando una vida más hermosa y vosotros, mis queridos ídolos, sois sólo tres. Voy a traeros esas tres fichas, sí; pero después voy a salir volando y no voy a parar hasta traerme para acá a Charles Chaplin y a Visconti, a John Ford y a Orson Welles, y a... a... ¡Diablos, a todos!

—Buena idea, paisano —aplaudió Buñuel—. ¡Ve por ellos!

—Muy bien, tráelos, tráelos —me animó Huston.

—Hay trabajo para todos —estuvo de acuerdo sir Alfred.

Pero yo estaba imparable:

—¡Y no sólo voy a traer a los cineastas! Contrataré a Cervantes y a Shakespeare para que escriban guiones. Buscaré a Julio Verne y a Robert Louis Stevenson, Daniel Defoe, Alejandro Dumas, Rudyard Kipling y Walter Scott para que creen muchas vidas repletas de aventuras. Reclutaré a Agatha Christie, Arthur Conan Doyle y Georges Simenon para llenarlas de intriga y de misterio. Traeré cogidos de una oreja a Mark Twain y a Jardiel Poncela para que pongan unas gotas de humor. Separaré de su brasero a Pío Baroja, llamaré a Galdós y a Valle Inclán, a Tolstoi y a Dostoyevski para que llenen de pasión y vibración cada vida humana. Y le pediré a Saint-Exúpery que haga de cada niño un principito... ¡Voy a llamarlos a todos! ¡Atención! ¡¡¡Llamada generaaaal!!!

Y empecé a volar de un lado para otro convocándolos a todos, contando con encendidas palabras la misión para la que les llamaba, y pidiendo a cuantos me escuchaban que corriesen la voz entre los demás.

La acogida no pudo ser mejor. De todas partes empezaron a llegar famosos y famosas, directores y guionistas de cine, autores de teatro, escritores y escritoras, y también los actores más apuestos y las actrices más deslumbrantes, que querían hacer de ángeles de la guarda como Bogart y Marilyn. Reinaba el entusiasmo. Hervía la creatividad. Arreciaba la tempestad de ideas. Cundía la impaciencia por recibir fichas y fichas y lanzarse a transformar vidas y vidas.

Yo estaba entusiasmado, en medio de aquella multitud de ídolos míos, y me multiplicaba para alimentar sus ansias creadoras. Iba pidiéndoles fichas a los ordenadores y las repartía entre aquel ejército de voluntarios como el padrino tira un puñado de monedas a los chiquillos a la salida de una boda. Y todos acometían, ilusionadísimos, la apasionante tarea de hacer más atractivas las vidas de los hombres.

¡Y tú, lector, mantente alerta!

Quizás algún día, quizás mañana o dentro de un instante, la ficha que yo encuentre entre mis manos será la tuya.

Si eres feliz lo notaremos enseguida, veremos que no te hace falta nada, te gritaremos "¡enhorabuena!" y nos dedicaremos a otro. En cambio, si la vida te pesa, si te aburres en medio de la vulgaridad, la rutina y el tedio, ten esperanza, porque ¡todo comenzará a mejorar muy pronto para ti!

Y si aún eres un chaval o una muchacha, si tienes toda la vida por delante y piensas que todo te irá a las mil maravillas, de todos modos guarda este libro, por si acaso. Guárdalo siempre. Y, si algún día las cosas se van torciendo, si te encuentras decepcionado, deprimido, falto de ilusiones y vacío, ¡facilítame el trabajo! ¿No ves que yo estoy desbordado? No esperes de brazos cruzados que yo encuentre tu ficha. ¿No ves que hay tantísimas? Corre, busca este libro, rellena la ficha que encontrarás al final y envíamela, poniendo en el sobre:

JUAN HUMPHREY PÉREZ GUTIÉRREZ
Sala de Ordenadores.
Séptimo Cielo.
*MÁS ALLÁ.*

Y alégrate, porque, en cuanto me llegue, tu propia vida estará a punto de convertirse, también, en

¡¡¡ UNA VIDA DE PELÍCULA !!!

FICHA A RELLENAR. Córtese por la línea de puntos.

NOMBRE: N.I.F.
APELLIDOS:
FECHA DE NACIMIENTO:
DIRECCION:
CIUDAD:
PAIS:

No necesita franqueo.

❖

# Índice

Este libro se terminó de imprimir y encuadernar en el mes de mayo de 1994 en Impresora y Encuadernadora Progreso, S. A. de C. V. (IEPSA), Calz. de San Lorenzo, 244; 09830 México, D. F. Se tiraron 30 000 ejemplares.

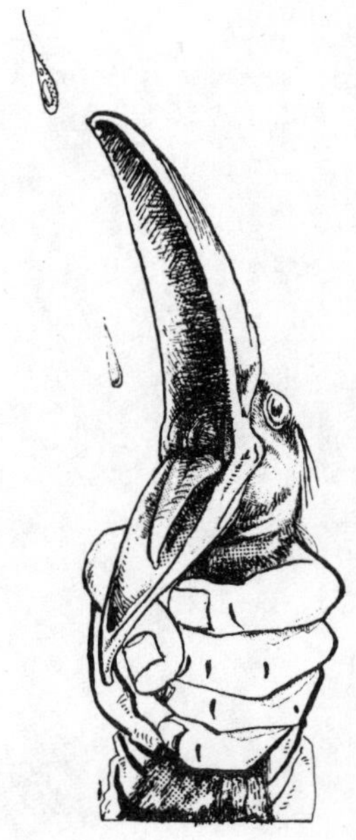

# Colecciones del FCE

Economía
Sociología
Historia
Filosofía
Antropología
Política y Derecho
Tierra Firme
Psicología, Psiquiatría y Psicoanálisis
Ciencia y Tecnología
Lengua y Estudios Literarios
La Gaceta del FCE
Letras Mexicanas
Breviarios
Colección Popular
Arte Universal
Tezontle
Clásicos de la Historia de México
La Industria Paraestatal en México
Colección Puebla
Educación
Administración Pública
Cuadernos de La Gaceta
Río de Luz

La Ciencia desde México

Biblioteca de la Salud

Entre la Guerra y la Paz

Lecturas de El Trimestre Económico

Coediciones

Archivo del Fondo

Monografías Especializadas

Claves

A la Orilla del Viento

Diánoia

Biblioteca Americana

Vida y Pensamiento de México

Biblioteca Joven

Revistas Literarias Mexicanas Modernas

El Trimestre Económico

Nueva Cultura Económica